봄 꿈

봄꿈

펴 낸 날 2022년 3월 14일

지 은 이 이삼현
펴 낸 이 이기성
편집팀장 이윤숙
기획편집 윤가영, 이지희, 서해주
표지디자인 이윤숙
책임마케팅 강보현, 김성욱
펴 낸 곳 도서출판 생각나눔
출판등록 제 2018-000288호
주 소 서울 마포구 잔다리로7안길 22, 태성빌딩 3층
전 화 02-325-5100
팩 스 02-325-5101
홈페이지 www.생각나눔.kr
이 메 일 bookmain@think-book.com

• 책값은 표지 뒷면에 표기되어있습니다.
ISBN 979-11-7048-372-4(03810)

봄 꿈

이삼현 시집

생각나눔

시인의 말

올 겨울에도 눈이 내렸다
다시 한 세상이 지워졌다
하얗게 덮인 백지장 위에
몇 걸음
발자국을 남긴다

2022년

사철 봄날을 꿈꾸며

이 삼 현

차·례

제1부 나

제2부 너

제3부 우리

제4부 모두

제1부

나

내가 있어
꽃 피고
나비들은 춤추고
꽃그늘 아래
어른거리는 햇살이 향기롭다

편리한 위선

그럴듯하게 위선 한 벌 걸치고
집을 나서면 아무도 몰라보지

본능에 이끌려 잠시 이동 중이지만
끝없이 영역을 넓히려 몸부림치는 맹수라는 걸
치마 끝만 스쳐도 눈이 번쩍 뜨이는 수컷이라는 걸
누구도 알아채지 못하지

숯불 연기 피어오르는 갈빗집 앞을 지나거나
횟집 수족관에 잠겨 헤엄치는 활어들을 보면
비릿한 피 냄새에 이끌려
몰래 송곳니를 드러내 보이는 걸

발톱을 숨긴 채 느릿느릿 걷기도 하고
아무렇게나 누워 게으름 피우지만
물고 있는 뼈다귀 하나 뺏기지 않으려는 걸
사흘만 굶으면 앞뒤 가리지 않고 덤빈다는 걸

납작 허리를 낮추었지만
빈틈을 노리고
허허 웃지만 으르렁거리는 걸

모르지
감쪽같은 위선으로 치장을 하면

(2019.9.29.)

감나무 책

책은 나무로 만들어진다
그래서 봄날, 새잎으로 단장한 뒤뜰 감나무는
갓 출간된 한 권의 책이었다
두께만큼 우거져
첫 장을 펼치면 싱싱한 잉크 냄새가 났다
가지마다 빼곡히 적힌 연둣빛 글자들
그늘에 앉아 지그시 눈 감고
나부낄 때마다 책장 넘어가는 소리를 듣다 보면
어느새 책 한 권이 다 읽혔다
마음 골짝에 나무 한 그루가 심어졌다
한 철 돌려 가며 읽는 책
까막눈인 어머니도
앞이 캄캄할 땐 다가와 낱장을 말없이 넘기곤 했다
짐을 부려놓은 아버지가 중얼거리며 밑줄을 긋던 곳도 감나무 아래다
이른 아침 목청껏 낭독하는 까치 소리에 잠이 깼고
재잘거리며 읽는 참새 소리를 좋아했다
독서의 즐거움이 홍시로 익을 즈음

손때 묻어 낡아진 책장은 이내 뜯겼다
간밤 무서리에 떨어져 쌓인 낙엽을 쓸며
펼칠 때마다 느낌과 즐거움이 새로웠던 책
몇 번씩 반복해 읽던 책장을 쓸어 담으며
나는 조금씩 두꺼워져 감나무를 닮은 어른이 되었다

(2020.10.6.)

앵두

1.

작은 키에 유난히 가지가 많던 앞집 가시내

울타리 너머로 자꾸 뒷집을 넘본다

봄볕이 얼마나 좋으냐며 하늘을 좀 쳐다보란다

뭉게구름 떠가는 것을

바람 줄에 이끌려 가는 복슬강아지 같다고 나불거리더니

팔을 뻗어 길게 흔들어 댄다

저러다 또 이파리 떨어질라

작년에 그랬던 것처럼 가을이 되면 수북이 나뭇잎으로 떨어져

구석구석 뒹굴며 바스락거릴라

더 뻗어 우거지기 전에 꺾어버려야 된다고

경계를 넘어온 가지들을 사정없이 잘라버렸다

토라진 가시내

국민학교를 졸업하도록 말이 없었다

2.

군 제대 후 우연히 찾아간 집

까까머리 머슴애

싫다 하면서도 가끔 울타리 틈새로 훔쳐보던 호기심
아직 살고 있을까 고 가시내
조심스럽게 마당에 들어서는데
담장을 넘은 가지마다 종알종알 들려주고픈 말들을 머금고 있다
쳐다만 봐도 후드득 떨어져 온통 물들 것처럼 기다리고 있었다
언제 저렇게 철이 들었나
짙은 이파리 사이로 동그랗게 내민 입술들을 바라보면서
몇 알을 따 처음으로 입맞춤하며
왜 이리 붉은지 달콤한지
팔을 뻗어 맞잡고 한동안 유월 땡볕에 서있었다

(2019.6.13.)

깡통

죽치고 앉아 시를 쓰다가
그렇고 그런 시만 남발하다가
생선 통조림을 떠올린다
내 안에 담긴 시들이 모두 빠져나가면
또 무엇으로 사나

불쑥 돋는 식욕에 원터치 뚜껑을 따
설익은 날말들로
찌개를 끓일까 볶음밥을 할까
눈도 코도 지느러미도 없는 부위들을 꺼내
요리하듯 시를 쓴다

얼큰한 김치볶음도 하고 주먹밥을 만들고
샐러드 김밥도 말고
싱거울까 짤까
몇 번을 뒤적여가며 간 보고

첫 행에 밥 한 그릇 뚝딱 해치울

맛있는 시
쳐다만 봐도 배부를
자린고비 같은 시 한 편 써 매달아 두고 싶지만

졸작만 남발하다
유통기간이 지나기도 전 시상은 바닥나고
박박 긁히는 쇳소리에
문득 깡통이라는 생각

(2017.7.5.)

새벽의 잔고

띡띡 띠딕 띠 찡

열리지 않는 새벽
오자만 찍히는 현관문 번호키가
망년회를 끝내고 돌아온
12월 31일에 머물러 서성이는 둘째 아들의 출입을 거부한다

월급 나왔니
아뇨

도시락을 싸 들고 출근했던 스물다섯 살 사회 초년생
두 달 동안 손꼽아 기다려도
0원만 찍히는 첫 월급통장이 선잠을 깨운다
콕콕콕
하루에도 몇 번씩 은행을 오가며 찍어보았을 오작동 소리

비밀번호를 물고 날아온 참새 한 마리가
빙판 위에 떨어져 꽁꽁 얼어붙은 0원을 쪼고 또 쪼며

새벽어둠 속에서 실랑이한다
0이 100이 되고 10,000이 되고 1,000,000이 되어야
미련 없이 묵은해를 보낼 수 있으련만
덜 깬 망년회의 취기가 번호키의 오자만을 남발한다
100만 200만 300만 400만
수북이 현관문 앞에 떨어져 쌓인 0원을 밟고 서서 아들은
열리지 않는 새해
새벽의 잔고를 끝도 없이 누르고 있었다

(2014.1.1.)

오래오래

새벽같이 일어나 또 한 철 김장을 끝낸 형수
잠시 졸리다며 눈 좀 붙이러 들어갔다가
다시 일어나지 못하고 쉰다섯 생을 마쳤다

항아리 속에 버무려 넣은 김치가
꽉 막힌 틈새를 비집고 보글거리며 숨을 내쉴 즈음
수의로 곱게 갈아입은 형수는
입관하기 전
딱딱하게 굳어진 표정 한 번 내비치고 불꽃이 되었다

여섯 명이 들어 옮긴 이승의 무게가
바람에도 날릴
한 줌 가벼움으로 유골함에 담겨
몇 삽 땅속 깊이에 김치 항아리 묻히듯 파묻혔다

봉분도 없는 무덤
속살이 드러난 흙 위에 잔디 옷 한 벌 입혀주고
그림자 무게까지 얹어 꼭꼭 다져 밟는 형님

이젠 아프지 말고 좋은 곳으로 잘 가라고
벌써 익어 발갛게 넘쳐흐르는 김칫국 같은 눈물로
삽자루를 붙잡고 서서
투덕거리며 살았던 세월을 다독여주고 있었다

오래오래

(2018.11.25.)

공복

건너뛴 한 끼가 건강검진을 받으러 간다

그래, 물 한 컵
사과 한 개가 일으켜 세운 하루였어
그릇에 담긴 밥알들이 나를 여기까지 끌고 온 거야
생각 없이 먹고 마신
꼭 배부르지 않아도 좋아
바람이 풍선을 팽팽하게 하듯 나를 긴장시켰어
한 끼
겨우 한 끼들이 모여 출근 시간을 꽉 막히게 하고
제 자리를 찾아가 웃고 떠든 거야
허리띠로 묶인
느슨하지도 답답하지도 않은 간격이 지구를 스스로 돌게 했어
한 끼와 한 끼 사이
멀지도 가깝지도 않은 거리가 행성과 행성을 공존케 했어
보름달에 깨어난 새끼 거북이 작은 몸짓으로 바다를 향해 달려가듯
밤새 달려온 저녁이 아침 한 끼를 흔들어 깨운 거야

불꽃처럼 되살아난 식탁이
바람 빠진 풍선에 또 한 끼를 불어넣는 거야

뜨겁게 사랑하고 미워도 하며

(2017.6.23.)

낡은 편지

아부지, 아침저녁으로 찬바람이 부는데 건강하신지요
서울에서 돈 버시느라 얼마나 고생이 많으세요
어무이와 이곳 일곱 식구들은 모두 잘 있답니다
아부지, 4기분 수업료와 기성회비가 나왔어요
10월 30일까지 돈 좀 보내주세요

정리하던 이삿짐 속에서 나온 편지 뭉치 한 다발
중학생 때 내가 보낸 편지들이다
낡은 봉투 속에서 오래된 나를 꺼내 읽는다
반세기가 흐른 지금
돈 벌러 서울에 갔던 아버지는 그새 선산으로 떠나고
가마니로 생계를 짜던 어머니도 뒤따라가고
지긋한 그 아버지가 되어 내가 보낸 편지를 내가 받아 읽는다

아들이었던 내가 아비인 나를 염려한다
또박또박 눌러쓴 손글씨가 뿌옇게 번진 내 안부를 묻는다
그동안 객지에서 고생 많았다고
식구들 먹여 살리느라 힘들었다고

답장을 기다리는 내게 몽당연필만큼 닳은 아비는 적을 말이 없다
변명처럼 살아온 동안
금의환향을 꿈꾸던 모천은 물길이 끊겨 자갈밭 되었는데

아들아 미안하다
돈 많이 벌어서 내려갈게 조금만 더 기다려라
니 엄니와 너희들 모두 호강시켜 줄게

희끗희끗 눈발이 몰아치던 날
됫병 소주와 돼지고기 두 근을 들고 마당에 들어선 아버지는
헐렁한 바지 바람을 날리며 허수아비처럼 웃고 서 있었다
품에서 꺼낸 것은 돈다발이 아니라 내가 보낸 편지 뭉치였다

(2014.7.3.)

소 한 마리

자고 일어났더니 내가 먹이었구나

어젯밤 찜통더위에
감나무와 은행나무가 한데 어울려 나부끼는 뒤곁 풍광을
넋 놓고 바라보다 그만 방충망 닫는 걸 깜박했는데

아침에 일어나 보니 온통
이빨 자국으로 선명한 내가
먹다 남긴 밥이었구나

열대야에 퍼덕이는 싱싱한 먹잇감을 앞에 놓고 모기들
오늘이 잔칫날이구나
떼거리로 몰려온 감나무골 은행나무골 손님들
아무개네 집 좋은 일 있나 보다
다들 먹고살기 힘들다는데 요즘 어떻게 지내는지
건강은 어떠신지 겉치레 인사부터 하고
어디 포식 좀 할까
팔을 걷어붙이고 달려드는데 주인장 호사스럽게 맘껏 드시라

남김없이 먹어 주는 게 예의라며 침을 튀기자 모두
위하여를 외치고
좋아하는 부위부터 덥석덥석 물어뜯었을

목심, 앞다리 살, 뒷다리 살, 갈비, 등심, 안심, 쇠머리 국밥
어느 곳 하나 아낌없이 내주는 짐승
죽은 듯 누워
입맛대로 골라 먹힌 내가 소 한 마리였구나

(2019.8.10.)

능소화 피다

작년까지만 해도 키가 모자라던 그녀
어느새 훌쩍 자라
담 밖으로 헤픈 웃음꽃을 날린다

그 집 주인장
다 큰 여식 흉이라도 잡힐까
아침마다 수북이 떨어진 웃음을 싹싹 쓸어 담았는데
어느새 또 한 송이 떨어진다

지나가는 나를 기다렸다는 듯
바닥에 누워 깔깔거린다
바쁜 걸음을 붙잡고
방긋 벌어진 입을 다물 줄 모른다

훅 풍겨오는 살 냄새

딱 한 번만 꽃 피자 한다
얽히고설켜 발그레 물들자 한다

숨넘어가도록 웃다가

뚝, 떨어져 함께 죽자 한다

(2017.7.7.)

냉장고를 바꾸다

20년 만에 냉장고를 바꿨다
낡아진 40대
중년이 머물렀던 자리에 새로 구입한 60대가 들어앉았다
냉장고를 정리하며
차곡차곡 담긴 오래된 과거
무엇 하나 버리지 못해 끌어안았던
봉지째 얼었거나 퇴색된 기억을 놓아주자 한순간,
20년을 살았구나
우거져 나부끼던 내가 사라졌구나
색깔과 디자인은 우아해지고 용량도 늘어
욕심껏 담을 수 있지만 쓸쓸함까지는 넣을 수 없겠다
제 입맛 대신 식구들 식성으로 채웠던 공간
하루에도 수십 번씩 여닫는 소란과
수시로 꺼내 쓴 잔소리도 다 큰 아이들과 함께 떠나가고
초로의 냉장고엔 시들지 않는 냉기만 가득하다
다시 시작된 20년
오늘은 또 무엇을 먹을까
냉장고 앞에 멈춰 서서 궁금한 속내를 들여다본다

우두커니 창문을 열고
돌아오지 않는 식구를 기다리는 것처럼

(2018.6.8.)

나를 향해 박수를 보내다

어쩌다 날아가는 허공을 향해 딱, 마주친
손뼉 안에
모기 한 마리 납작 엎드려 죽었다면

와, 최고라며
엄지손가락을 치켜세워 주는 아내의 외마디에
올림픽 금메달이라도 따다 바친 것처럼
내가 대견스럽고 자랑스러워
모처럼 남편 노릇 한번 제대로 하였구나

밤새 도둑맞을 뻔했던 피 한 방울 아끼게 되었구나
자다 말고 번쩍 뜨고 일어나
눈을 부라리지 않아도 되겠구나

모기 한 마리 제대로 잡지 못해
슬그머니 덮고 잠들어야 했던 무능을

도대체 어디 숨었는지 추궁할 길 없는 행적을

한 방에 날려버리고
가려운 곳을 속 시원하게 긁어주었구나
소리 높여 잠꼬대를 해도 되겠구나 오늘 밤

(2019.10.19.)

다소곳이

이발소에서 머리카락을 자르며
또, 이만큼 자랐구나
살았구나

이 길이만큼의 목숨을 잘라내며
기쁨도 조금
감추고 살아온 슬픔도 조금
사랑이 사랑인 줄도 모르고 지난 무덤덤한 날들을
미움인 줄도 모르고 섞인 흰 머리카락을 함께 자른다

동에서 서로 저무는 달처럼
아내 쪽으로 기울어 잠든 밤에도
너는 깨어 있었구나

일손을 놓지 못한 순간에도
칼바람이 뿌리를 드러낸 틈새 속에서도
너는 속도를 잃지 않았구나
키를 키웠구나

밀어 올렸던 성장판은 닫히고
가슴은 뜨거워지는 걸 잊었지만
또, 이만큼 버리는구나
깎아야 하는구나

(2015.3.27.)

목줄

눈꽃이 지는 밤
문득 어둠에 취해 깊어진 잠이 떨려온다
오른쪽 새끼발가락이 이불 속을 빠져나갔기 때문이다
몸통인 아비가 곯아떨어진 사이
꼼지락거리며 기어 나와 바깥세상을 기웃거린다

육십갑자를 살아온 동안
아직 자라지 않은 내가 있었네
남겨진 호기심이 꿈 밖을 구경하고 싶었네
주인을 따르는 강아지처럼
쫄랑거리는 그 걸음에 목줄을 묶고 새끼발가락 한 쌍을 기르고 있었네
통통 튀며 한사코 달려 나가고 싶은 철부지를
놓치지 않으려 줄을 당긴다

몰래 내밀었던 촉이 두려웠을까
아니면, 아비의 밤이 무서워 가끔 흔들어 깨우는 것일까
바구니 속 감자가 연둣빛 싹을 내밀어 보이듯

어디론지 옮겨가려는 발길이 순결하다

새끼발가락을 이불속에 가두고 나머지 잠을 청하려는데
어둠 사이로
당겨진 목줄이 팽팽하다

(2014.3.3.)

매너모드로 울다

잠은 안 오고

돌아누운 채 무릎을 구부리면
몸은 접힌 폴더가 된다
색깔과 기종은
검은색 구형 폴더폰

꿈같은 날을 접고
풀밭 가득 돋아난 생각을 접고
하루에도 몇 번씩 날아오르고픈 날개를 접고

새벽 알람 소리에 깨어 배터리가 방전되도록
묵묵히 남은 길을 걸어갈 뿐
진종일 통화 한 번 없이
입 꼭 다문 채 침묵할 때도 있다

화창한 봄
산길에서 반겨 찍었던 야생화며

꽃잎처럼 날아와 앉은 나비의 추억과 함께
소식이 끊긴 전화번호를 뒤적이다가

접고 또 접은 기록들은 구김이 되고
나 아닌 나로 접혀 잠 못 드는 밤
벨 소리로 전환되지 못한 몸이 떨려온다

아비의 울음은 진동이다

(2015.10.22.)

빈 밥

밥 한번 먹자 해놓고
아직 먹지 못한 밥이 수북합니다

밥밖에 몰랐을 땐 찬밥 더운밥 가리지 않았지요
밥 앞에서 부끄럽지 않아야 했고
같이 먹자는 것은 허물없이 지내자는 다른 말이었습니다

그러나 쉽고 자극적인 맛으로 바뀐 식성이
말뿐인 약속을 남발했습니다
주문만 하면 아닌 밤중에 달려오던 친구들 대신
먼저 인터폰을 누르는 것도 배달 음식입니다

이제 한 끼쯤은 먹지 않아도 거뜬한
더는 고프지 않은 허기가 엎어놓은 밥그릇처럼
먼지 낀 옛 친구들을 떠오르게 합니다
꼬박꼬박 챙겨 먹어야 할 밥이라는 걸 잊었습니다
감감무소식으로 살다가 언제든 뜸 들이면
구수한 냄새를 풍기며 다시 돌아올 줄 알았습니다

행렬이 의대 승만이 의도 방실이 경일이…

얘들아 잘 있지
우리 언제 밥 한번 먹자

(2019.12.5.)

붕어빵

찍어낸 듯 서로 닮은 아파트
안방과 화장실 주방 베란다가 이웃과 꼭 같은
사각 어항 속에서
엄마 아빠를 쏙 빼닮은 아이들이 자란다
목 좋은 집 한 칸 차지하기 위해 밤낮 헤엄쳐 왔을 붕어들
낮은 자세로 소파에 누워 휴일 한나절을 뻐끔거린다
좀처럼 활짝 웃지 않는 창문
같은 반죽에 같은 팥소를 넣은 어제오늘이
이웃과 나란히 엘리베이터를 탔어도
눈만 껌벅일 뿐
소통되지 않는 아파트는 물이 참 맑다
배보다 배꼽이 더 큰 대출금 덩어리가 층간 소음이 되어
철커덩, 몸을 뒤집으면
노릇노릇 익어가는 냄새가 난다
버스와 지하철로 환승해 부지런을 떨어야 빚도 갚고
겨우 아이들을 기를 수 있는 붕어가
세 마리 천 원
해마다 치솟는 값에 망설이다가

한 봉지 사 들고 돌아가는 길에 호호 불며 먹는
붕어빵은 추워야 제맛이다

(2020.2.23.)

배고픈 폴더폰에게 밥을 먹인다

폴더폰을 꺼내 허리를 펴면 벌써 한물간 거다
오냐, 나는 잘 있다
변명해도 일어선 자세부터 쑤시고 아프다

잠시 보이지 않으면 찾아 부르던 숫자 버튼은
몇 번씩 눌러야 겨우 응답했다
깨지고 금 갔지만 금실 좋은 사이라는 것처럼
제발 좀 바꾸라 해도
한 손에 꼭 안기는 것이 좋아 함께 했는데
느지막이 조강지처를 버렸다

둘째 아들이 생일선물로 사다 준 스마트폰
변심하듯 유심만 갈아 끼우니 금세 알아보고 눈웃음친다
손끝만 스쳐도 덩치에 어울리지 않게
척척 말귀를 알아듣는 품이 밉상은 아니어서
하루아침에 버림받은 폴더폰

요양원에 계신 노모처럼 한쪽 구석에 허리를 접고 누웠다

너무 잘 알지만 용도를 잃은
난 괜찮으니 염려 마라 해도 아직 충전한다
다리를 주물러주고 아픈 허리도 두들겨주고
그만 됐다 떠밀어도
한사코 밥 한술을 더 떠먹여 준다

(2021.1.7.)

텅

무씨를 꺼내러 지하창고에 가는데
조심조심 계단을 내려갔는데

텅

천장의 덫에 걸려 머리를 부딪쳤다
아찔한 것이
내게서 텅, 소리가 난다

가끔은 수박처럼
항아리처럼
나를 두들겨 보아야 했다

촉수를 내밀고 먹고 마신 세월이
차곡차곡 담긴 줄 알았는데
또록또록 여문 줄 알았는데

텅

깜깜한 것이
내게서 텅 빈 소리가 난다

(2013.3.27.)

거미줄

옆집 TV 안테나 끝에서 빠져나온 줄이
우리 집 옥상 모서리에 연결되면서부터 비밀은 새 나갔다
그중 한 채널이 부엌 창문에 접속되자 음식이 맛을 잃었다

끈적끈적한 줄을 타고 오가는 그가 동작을 멈추면
죽음까지도 기다림의 순간이 되고
마침내 수신 전파가 다가오면
민첩하게 낚아채 돌돌돌 말아 옆집 안테나를 통해 송신한다

빛이 표정을 바꾸거나 바람이 몸을 뒤틀 때
언뜻 제 모습을 드러내 보이는 그물망 곳곳에
폐기된 수신 흔적이 뚜렷하다

어쩌다 한 번씩 터져 나온 우리 집 웃음도
펄펄 끓다가 식기를 반복하는 아내의 갱년기도 걸렸다
모처럼 구워 먹은 삼겹살 냄새와
새벽을 밀고 들어오는 아들의 취한 발걸음 소리도 주렁주렁 매달렸다

방심의 순간
안색을 바꾼 그물망에 웃통을 벗어 던진 나의 게으름이
옆집 창문을 통해 빼꼼히 수신되고 있었다

(2014.4.22.)

구피네 집

손주들 웃음소리로 시끌벅적
금방 채워질 줄 알았던 빈자리에 유리 어항을 들여놓고
빤히 들여다보는 낙으로 구피를 기른다

아가야 언제 좋은 소식이라도 있니
어쩌다 찾아온 며느리를 맞으며
애걸하듯 눈치를 살펴도 그저 웃어 보일 뿐 말이 없다

적당히 암수 몇 마리 골라 넣어준 것만으로 짝을 이룬 구피들
살림살이라곤 플라스틱 수초와 몇 안 되는 모조 장식품이 전부지만
집이 맘에 안 든다느니 평수가 좁다느니 불평 한마디 없다
맞벌이하느라 아침을 설치지도 않고 유유히 헤엄쳐 간다

애 둘은 있어야지
아니다 하나라도 좋으니 제발 낳기만 해 다오

해를 넘길수록 높아져 가는 근심에

먹장구름 잔뜩 낀 걱정을 잘 알고 있다는 듯 난태생 관상어인 구피는
때가 되면 새끼들을 잘도 낳아주었다
아들딸 구분 없이 순산해 준 한 무리 새끼들을 본 순간
첫 손주를 맞는 것처럼 환호했다

방심하면 금세 흐려지고 마는 유리 어항 속
작고 투명한 몸짓에 쌍점으로 찍힌 눈동자들이 숨바꼭질하자며
수초 사이로 숨었다가 이내 몰려나와 깔깔거린다

구피네 집엔 지금
다가서기만 해도 떼로 몰려와 먹을 것을 달라고 잉잉거리는 어린것들을 보며
미소 짓는 할아버지와 할머니가 살고 있다

(2021.8.10.)

제2부

너

네가 있어
웃고
울며
모든 것을 나눌 수 있다

봄꿈

깜박 늦잠을 잤습니다
비몽사몽 간에 다듬이질 소리를 들었습니다
어머니 같은 여자가
청승맞게 주름을 펴고 있었습니다
한 벌뿐인 낡은 옷
심하게 접힌 구김을 가지런히 올려놓고
방망이질을 하고 있었습니다
자세히 보니 아내였습니다
화장대 앞에 쪼그려 앉아
반드러워질 때까지 제 얼굴을 두들기고 있었습니다
수면에 비쳐 흔들리는 풍광처럼
거울에 비친 아내가
바람 한 점 없이 물결쳤습니다
자꾸 흘러가고 있었습니다
토닥토닥
어르고 달래듯 두들겨도
다시 펴지지 않는 시름이라는 걸 압니다
맑은 뒤 흐림

꿈이었습니다

(2021.5.27.)

바람 풍선

오팔 년 개띠 아내가 쪽잠에 빠졌다
두 아들은 장가가고
퇴직한 남편은 푼돈 벌이 가고
알바까지 없어 텅 빈 날
달그락거리던 살림살이마저 접은 잠이 이슬방울처럼 맺혔다
수많은 몸짓으로 날아오르다가 잠시 내려앉은 먼지 같다
언제 저렇게 작아졌나
가벼워졌나
희미한 숨소리조차 견딜 수 없어 움츠린 어깨를 들먹인다
창밖엔 둥둥 떠다니고 싶은 하늘이 푸른데
비스듬히 기운 오후 두 시의 그림자를 반쯤 걸치고 누웠다
틈만 나면 거울 앞에 앉아 시들어가는 저를 추스르다가
남편의 귀가도 알아듣지 못한 채 곯아떨어졌다
팽팽하게 부풀었을 땐 빨간색이 잘 어울렸다
흐릿한 윤곽만 남았어도 환하게 웃어 보이며 함께 날자던 풍선
둘뿐인 식탁을 위해 맛있게 지지고 볶으며
행복하자 사랑하자 했지만
우린 겨우 바람을 먹고 산다

날마다 먹고 마셔도 조금씩 빠져나가는 바람을

(2019.12.20.)

뼛국

쇠뼈는 푹 끓여야 제맛이다
밤새 은근한 불로 곤 뼈는
푹 자고 일어난 얼굴처럼 화색이 돈다
아, 잘 잤다
보글거리는 국물을 몇 국자 뜨면
뽀얀 미소로 담긴다

지친 뼈는 등짝만 붙여도 코를 곤다

생전의 아버지는
죽은 듯 자고 일어났어도 피곤에서 깨어나질 못했다
몽둥이로 두들겨 맞은 듯 쑤시고 아프다 했다
악몽을 꾼 탓이었으리라
무엇으로 아홉 식구의 뚫린 입을 막아줄까
뼈 빠지게 일을 해도 채워주기 힘든 하루 세끼가
단잠을 흔들어 깨운 것이다
사골 뼈를 손질하듯 정성껏
다리를 주물러드려야 겨우 추스를 수 있었다

어른이 된다는 것은 잔뼈가 굵어지는 일
맨땅을 딛고 일어나 진종일 맴도는 동안
웃음기는 사라지고 다리뼈는 단단해진다

모처럼 잘 잤다며 기지개를 켜는 아내
밤새 푹 고아져 서린 미소가 만면에 흥건하다

(2020.11.13.)

달

거래처를 돌다
신호등 앞에 멈춰 섰는데
저만큼
추석 대목장을 보러 나온 아내가 횡단보도를 건넌다

빵빵, 클랙슨을 눌러도
차창을 내리고 불러 봐도
서둘러 갈 뿐 알아듣질 못한다

어느 날 문득
빨간 신호에 걸려 브레이크를 밟다
시동이 꺼져 내가 죽었다면

황망히 황천길을 떠돌다
저만치 내려다보이는 이승의 아내가 반가워
영숙아, 불러도 소리쳐도
알아듣질 못하고
파란 신호등 따라 길을 간다면

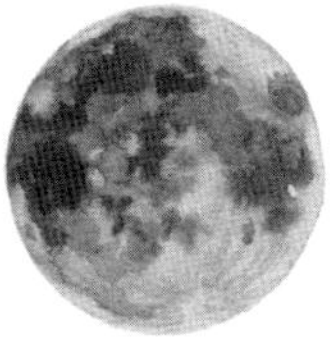

차례상에 올릴
내가 좋아하는 것들만 골라 담은 가방을 메고
달덩이만큼 차올라 무거워진다면

눈에 익은 옷을 아직 껴입은 채
홀로 잠겨
나 없는 빈 쪽으로 기울어진다면

(2015.9.26.)

등짝

나란히 잠에서 깬 아침
팔을 돌려 토닥토닥 저를 두들기는 소리에
허리가 아프냐고 물으니 등짝이라 합니다

하늘빛을 닮은
영원할 것처럼 빛나던 빙하가 서서히 녹아내리고 있습니다
해안선까지 밀려온 등짝 같은 빙벽이
삶의 온난화에 토닥토닥 무너지고 있습니다

다시 코를 고는 아내의 숨소리에서
포말을 일으키며 하얗게 밀려왔다 밀려가는 파도 소리가 들립니다
만년설로 쌓인 아득했던 날들이 녹아 속살을 비추고
어른거림 속에 박제가 되어가는 푸른 등이 보입니다

고래를 꾸던 꿈은 이제 꼬리만 남았습니다

차츰 중심에서 멀어져 떠도는 유빙처럼
어미만 남아

조금씩 허물어져 가는 등짝이 쓸쓸합니다

(2017.6.10.)

두 마리

냄비 속에 조기 두 마리가 가지런히 누웠다
파김치가 돼 돌아올 남편 생각에 매운탕을 끓여 놓은 아내

이제 좀 쉬어가도 좋은 나이련만
나는 새벽밥을 먹고 출근하고
아내는 날마다 새벽 기도를 드리러 간다

무엇이 그리 절박한 지 한 번 일손을 잡으면 놓을 줄 몰라
하루를 탕진하고 귀가하는 가장을 기다리다 못해
오늘 저녁은 철야 기도를 갔나 보다

의식을 치르듯 아내는
장작더미처럼 쌓아 올린 무 토막 위에 조기 두 마리를 올려놓고
어떤 생각에 잠겨 매운탕을 끓였을까
꼼짝없이 잡혀 와 제물로 바쳐졌지만
다물 수 없어 입 벌린 항변에 고춧가루를 설설 뿌리며 무어라 위로 했을까
이내 달궈지는 열기에 견디다 못해 들썩이는 몸을 다독이며 간 보고

심해에서 거슬러 오른 몸짓이 보글보글 얕은 냄비 속으로 잦아들 때까지
순종만을 당부했다

아내의 기도가 간절해졌을 즈음

나란히 같은 방향을 바라보며 제 살이 다 파 먹히도록 두 마리는
힘들다, 아프다는 말 대신
부릅뜬 눈만 남아 감겨지지 않는 세상을 노려보고 있었다

(2018.10.10.)

민들레 풀각시

저녁상에 민들레 나물이 올랐다

버무리던 손을 내밀어 한 자밤 맛보라는 아내
입 안 가득 퍼지는 향내가
가만 지켜보는 얼굴에 쌉싸래한 미소로 번진다

아들 둘을 건사하랴 알바 하랴
남편 챙기랴
딱정벌레보다 더 많은 팔다리를 걷어붙이고 뛰어도
늘 모자라는 아내
바람 끝이 무뎌지자마자 싹이 돋았나 싶으면 민들레는 꽃 핀다
뚝딱뚝딱 세탁기를 돌리고 미역국을 끓이고 고등어를 굽고
압력솥 딸랑거리는 소란과 함께 집안 곳곳이 노랗게 물들었다
비좁은 시간 틈새를 벌려 푸른 잎을 내밀고
억척스럽게 지평을 넓히던 민들레가
서둘러 꽃 피고 이파리를 끊어 나물을 무쳐내는 동안
뻐꾹새가 울었다

가늘게 뻗은 꽃대 위에 올라앉아

잠시 흔들리는 가 했더니

어느새 하얀 풀씨가 되어 폴폴 바람에 날린다

(2016.4.10.)

그래서 왼손이 먼저 아프다

오른손잡이인 내게 왼손이 되어 준 아내
내가 낀 목장갑은 오른쪽부터 닳고
아내 고무장갑은 왼쪽부터 구멍이 뚫린다

새벽부터 뛰어도 늘 부족한 오른손을
바라보다 못한 왼손이 알바를 시작했다
반찬값이라도 보태겠다는 것이다

꼭꼭 걸어 잠갔어도 어느 틈에 들어와 숨는 벌레를 찾아
수십 층 아파트 계단을 기어 오르내렸다
소독하러 왔다며 벨을 눌렀다
머리끝에 촉수를 달고 개미허리에 약통을 멘 아내가
바퀴벌레보다 더 빠른 걸음으로 옮겨 다녔다
약에 취해 낯빛이 변한 해가 스멀스멀 기울어서야
찬거리를 사 들고 돌아와 녹초가 되었다
그런 날 저녁이면
지지고 볶아 차린 반찬이 벌레 씹는 것만 같아
개미 같은 아내에게 미안해지고

끈질기게 살아남으려는 바퀴벌레에게도 숙연해진다

그래서일까

오른손잡이인 나는 왼손이 먼저 아프다

(2020.2.15.)

이명

거울처럼 마주 보며 살지만
때로는 보이지 않는 것이 궁금할 때가 있습니다
내가 알지 못하는 소리를 귀담아듣는 아내에게
조심스럽게, 그동안의 안부를 물은 것인데
이내 하지 말아야 했다는 걸
모르는 척 침묵해 줘야 할 것도 있다는 걸 잊었습니다

벌레 소린지 고장 난 라디오 파열음인지
불쑥 자라난 아우성을 한쪽 귀로 새겨듣는 아내
출산을 포기하고 중절 수술로 떠나보낸 셋째 아이의
꼭꼭 숨겨진 울음소리를 이순이 다 되어서야 알아듣는지도 모릅니다

몇 군데 병원을 수소문해 울음의 거처를 확인하려 했지만
끝내 알아내지 못한 채
창백한 낮빛 한 장을 사이에 두고 안으로 깊이 잠겨 드는 아내와
무어라 위로의 말을 떠올리려는 내가 바깥을 서성입니다

감추고 살았던 말 꺼내지 못한 사연들이

한꺼번에 몰려와 채근하는 흐느낌이었을까요

한동안 잠잠해진 아내가 모처럼
분홍빛 잇몸을 드러내고 웃어 보이는 것이 좋아
귀는 좀 어떠신지
그간의 안부를 물은 것인데

나의 관심이 잠시 잊은 고통을 흔들어 깨운 것입니다
끈질기게 따라붙는 울음을 따돌리려 까치걸음으로 빠져나와
소리 없이 지나고 있음을 미처 알지 못했습니다

(2017.7.21.)

각시거미

그녀와 나 사이
서먹해진 간격에 집을 지은 거미가
한 점 침묵으로 매달렸다
말끝을 세운 몇 가닥 발설이 한데 얽혀 덫이 되고

하루, 이틀, 사흘
무엇을 먹었는지 마셨는지 소식도 없이 제자리에 멈춰있다

나는 여문 것을 좋아하고
그녀는 부드러운 걸 좋아하지만 거미의 식성은 육식성이다
단단한 저녁이 말랑말랑해진 태양의 육즙을 천천히 빨아 삼키는 동안 거미는
한마디 미동도 없이 어두워졌다

몰래 들여다봐도 내통도 없다
팽팽하게 벌어진 틈새를 붙잡고
며칠째 끈적끈적한 긴장의 끈을 당기는 저 고집은 불통이다

꼭 돌아올 거라며 활짝 열어둔 오늘이 무음無音으로 져도
마음은 나팔처럼 불 수가 없다

경계를 풀고 다가올
기척 하나 놓치지 않으려는 순간이 쉼표 없는 기다림으로 이어지고

죽은 듯 산 듯
다시 낮달이 떴다

(2016.9.23.)

시를 읽는 여자

세탁기를 돌린 아내
빨래를 널다 보니 온통 종이꽃이 피었다
털어도 떨어지지 않는 근심이 빨래마다 또렷하다

언뜻 스쳐 가는 시상을 받아 적은 A4용지가
헹굼과 탈수를 거치는 동안 술술 풀려 시가 되었다
하얀 글씨가 되어 또박또박 시를 적어 놓았다

척박한 주머니 속에 담긴 몇 닢 짤랑거리는 시어들이었다
내 안에 머물러 가시지 않는
꼭 한 번 들려주고 싶은 목소리였다

정신없이 나이를 먹은 탓이라 자책하는 아내
바닥난 통장 잔고를 확인하듯
수시로 넣고 뺀 주머니 속 사연을 꼼꼼 살펴줘야 했다며

흐려진 길 따라 무시로 지워져 가는 저를 추슬러
활짝 핀 안개꽃 속으로 기어들어 가 테이프로 얼룩을 뗀다

한 자 한 자 짚어가며 옷마다 적힌 고단함을 꾹꾹 눌러 읽는다

(2015.6.29.)

소금쟁이

하얗게 밀려와 웃어주는 파도
모든 걸 받아주고 감싸준 그녀의 이름은 바다였다
변변치 않은 수고에도 늘 고맙다 손잡아 주며
깊고 푸른 노래를 부르다가 어느 사이에 일군 소금밭

작은 힘이라도 보탤까
핏줄처럼 뻗은 강줄기를 거슬러 올라
민물에 섞이고 흐려져 땀방울을 쏟았다

여름 한나절
알바를 마치고 버스정류장에 도착한 그녀를 기다려
무어라 위로의 그늘 하나 만들어주고 싶어 감싸준 등이
온통 하얗다

좁은 등짝에 가둔 소금밭
갇힌 바다가 소금이 될 때까지 진종일 끼룩거렸을 그녀
갈매기 울음소리에 말라붙어 엉긴 소금 가마니를 등에 지고
웃어 보이는 얼굴이 붉게 익었다

바닥이 드러나 쓸쓸해진 그녀와
그리 멀지 않은 길을 걸어 집으로 돌아오는 내내
걸음은 서걱거리고
훅 불어오는 열풍에도 가슴은 서늘하기만 해

(2017.8.11.)

시린 손

한쪽 손이 유난히 시릴 때가 있다는 걸
겨울이 되어서야 알았습니다
따뜻한 오른쪽이 차가워진 왼쪽을 손잡아 주며

며칠째 한파주의보가 내린 날
알바를 마치고 돌아온 아내 얼굴이
얼음장처럼 창백했습니다
떨며 일하고 있을 남편 생각에
장갑 끼는 것조차 미안해하는 가방 속에서
두유 크림빵 자반고등어 사과 시금치 팥 도넛
내가 좋아하는 것들만 우르르 쏟아져 나왔습니다
시장을 기웃거리며 이것저것
하루치 일당보다 더 많은 것들을 골라 담아
돌아오는 내내 아내는
무거운 줄도 모르고 내 기쁨만을 매고 온 것입니다

감싸주지 못해 시린 손

얼어붙어 잘 떨어지지 않는 웃음으로 먼저 내미는
아내 손이 더 따뜻하다는 걸
저물녘에 이르러서야
이순이 다 되어서야 깨달았습니다

(2018.12.21.)

한파주의보

며칠째 눈발이 몰아치는 날
아랫목에 아내 빤스가 몸을 풀고 누웠다
지아비가 오는 기척에도 꼼짝 않고 누워
홍조를 띠었지만 낯이 두껍다
믿음 소망 사랑의 끈을 바짝 조이며 살다가
헐겁게 풀어놓은 빈 삼각

한파주의보가 내리고
고삐 풀린 황소바람이 문틈으로 달려와 우는데
볕이 그리운 아내는
빤스를 빨아 안방에 뉘고 마실을 갔다

언제 씻었는지 어디에 숨겼는지 그간 알지 못했다
어느 그늘에서 말리던 수줍음이었다

이제 낯 뜨거워지는 것조차 잊었나 보다
어디에 내놓아도 부끄럽지 않게 살아왔다는 것을 안다
마침내 숨겨졌던 민낯을 드러내고 노곤해진 삭신을 지진다

손바닥만 한 얼굴로 저를 다 가릴 수나 있었는지
지긋한 지아비가 되어 구김살을 펴주며
멀리 있던 당신을 가까이 들여다본다

(2013.12.4.)

수능 한파

여보, 옥상에 있는 화분을 들여놓을까 말까

어김없이 몰려온 수능 한파에 휴대폰이 울린다
내일은 영하 12도까지 뚝, 떨어진다는데
당연히 안으로 들여놓으세요
얼어 죽을 게 뻔한 쉬운 문제를 붙잡고 그러느냐는 투에
순순히 정답을 받아 적는 사내
고난도 문제는 혼자서 잘도 풀었다
상의 한번 없이 적어 낸 오답이
승강기도 없는 5층 빌라 꼭대기 층까지 식구들을 끌고 온 것이다
이제 둘만 남아 쓸쓸한 집
그나마 옥상이 있어 다행이었다
볕 좋은 곳에 나란히 놓인 화분 두 개가
분가하고 없는 자식들을 대신해 활짝 웃어줄 뿐 사내는
어려운 문제 앞에 쉬 나서려 들지 않았다
가끔 물을 뿌려주고 살피는 것 말고는 묵묵했지만
알바 중인 아내가 내심 궁금하다는 눈치다
쉬운 문제부터 풀지 못해 고생만 시킨 변명을

이렇게라도 넌지시 건네고 싶은 것이다

여보, 아직 시들지 않은 우리 사랑을 안으로 들여놓을까 말까

(2019.11.13.)

신 나무꾼과 선녀

옛날 옛적
남녘 민둥산에 올라가 불쏘시개를 해 나르던 나무꾼과
영덕 오십천에서 목욕을 즐기던 선녀가
사냥꾼 총에 맞아 쫓기던 사슴의 도움 없이도 엉겁결에 만나 부부가 되었는데
아들 둘 낳아 장가보내고 여직 행복한데

옷이 날개라는 선녀, 허구한 날 옷 타령이다
장롱과 옷걸이마다 줄줄이 걸려 있지만
반듯한 옷 한 벌 없다며 바가지를 긁는다
설마 저 나이에
깃털 옷으로 갈아입고 훌쩍 날아가려는 건 아닌지
아무거나 걸쳐도 날개를 단 것만 같아
아이 셋은 낳았어야 했다고, 혹 손주라도 몇 있다면 모를까
그러나 출산을 거부하는 자식들
똥강아지 좀 안아보자 했더니 유모차에 푸들 강아지를 태우고 왔다

변변찮은 것이 그나마 다행이었다는 나무꾼
아무리 부지런을 떨어도 연기만 날 뿐
활활 타오르지 못해 싸구려 옷만 골라 입혔다
덕택에 날갯짓 한 번 못해보고 제풀에 꺾여 회갑을 넘긴 선녀
이젠 어깻죽지가 쑤시고 아파 토닥거리는 모습에
더는 소용없을 것 같은 깃털 옷을 꺼내 줄까 말까 망설이는데

남대문시장에 다녀온 선녀
한 보따리 옷을 또 사 왔다
싸고 좋은 명품만 골라 샀다며 웃어 보이는데
모두 짝퉁이었다

(2021.6.1.)

소꿉놀이

어쩌다 노는 법을 잊어버린 그녀
알바가 없는 날 더 힘들어한다
뭐 하고 놀지?
공기놀이 딱지치기 고무줄놀이 땅따먹기 술래잡기
그 많던 놀이들은 모두 어디로 갔을까
누구랑 놀고 있을까

땅 따 먹기에 실패한 뒤
희끗희끗해진 머리카락이 보일라 꼭꼭 숨어버린 사내 대신
술래가 돼 찾아다니느라 회갑을 넘기고 말았다
애야 그만 놀고 밥 먹어라
부르는 소리에
일이 놀이가 되어버린 그녀
헐레벌떡 뛰어 들어와 저녁을 먹는 둥 마는 둥 쓰러져 잠들었다
어디서 들려오는 계집애들의 노랫소리에 맞춰
팽팽하게 늘어진 고무줄을 발목에 걸어 뛰어넘으려던
그녀의 발이 퉁퉁 부었다
딱지치기라면 자신 있지만 사내는 늘 비어있었다

허공에 던져진 다섯 알을 손등으로 받아 낚아챈 만큼 제 몫이라는 걸 알지만
세상은 공기놀이가 아니었다
애들아, 그만 놀고 숙제해야지
쉴 줄 모르는 그녀와 숙제가 밀린 사내
엄마 아빠 놀이에 열중하느라 해지는 줄 모른다

(2021.7.6.)

양파

아내의 부엌에 까다 만 눈물 한 바가지 담겨있다

나이를 과속할수록 소음이 심한 남편이지만
웃으며 동승해주는 것이 고마워
모처럼 까다만 눈물을 대신 깐다

거친 흙 속에 걸음을 뻗고 쑥쑥 자라오른 흔적
이순으로 접어드는 우리 부부도 이제
성장이었던 뿌리와 줄기는 말라붙고 주먹만 한 결실로 남았다

툭, 던진 한마디에도 쉬 부스러지는 겉껍질
앞만 보며 참고 살아온 모래알 같은 기억 때문이다
단단히 엉겨 붙은 흙터 딱지를 벗겨내니
웅크린 아내의 속살이 비치고 울컥 눈이 아려온다

제 안으로 깊숙이 남편과 자식들을 껴안고
한 겹 두 겹 벗겨낼수록 작아만 가는

오늘 저녁 아내는
한 끼 행복을 위해 무슨 밥상을 준비하려 했을까
다 드러내지 못한 속내를 까며 어떤 그늘에 잠겨 흔들렸을까
손톱을 세워 껍질을 벗겨내야
겨우 맑아지는 하루

말없이 저를 벗기며 흘렸을 아내 대신
오늘은 내가, 한 바가지 눈물로 울어주었다

(2016.10.8.)

아내의 대장간

한창 제철이다
뿌옇게 진동하는
불 냄새
쇠 냄새
땀 냄새

밀고 당기는 풀무질에
화끈, 화끈
묵은 쇠가 벌겋게 달아오른다
탕 탕 두들기는 메질 소리
쉬익 쉭
열기를 식히는 담금질 소리

슬었던 녹이 벗겨질 때마다
조금씩,
조금씩 드러나는 속살

하루에도 몇 번씩

달궜다가 식혔다가 두들겼다가
몇 년을 벼리고 또 벼리는
갱년기 아내의 망치질 소리

(2014.4.10.)

초식 동물

달도 없는 밤
신접살림을 차린 반지하 단칸방에 퍽, 알전구가 나갔다
갑자기 불이 빠져나간 방
그 자리에 들이찬 어둠은 빈틈 하나도 허락하지 않고
그지없이 팽창한 흑암 어디에 나를 가둬 놓는다
어디를 만져보아도 깜깜한
똑, 똑 노크해도 소리가 나지 않는 어둠은
헛디딜 것 같은 두려움만 앞설 뿐 첩첩 가로막힌 철벽이다
아기자기한 세간살이도
조금 전 밥상 앞에 마주 앉아 저녁을 먹던 새색시도
최초의 어둠 속으로 사라져 버렸다

언제 어디서 달려들지 모를
제 모습을 숨긴 채 발톱을 세운 야행성 어둠에
조심조심
숨소리마저 죽여 가며 알전구 하나 찾아들고
가까스로 갈아 끼운 빛이

확, 들어오자

기다렸던 아내가
네모반듯한 이를 드러내고 환하게 밝아온다
사로잡혔던 맹수의 아귀 속에서 빠져나와 안도하는
초식 동물 같은 웃음으로

(2018.9.5.)

제3부

우리

우리 집
울 아부지
울 엄마
우리 육 남매

우리였을 때 가장 행복했다

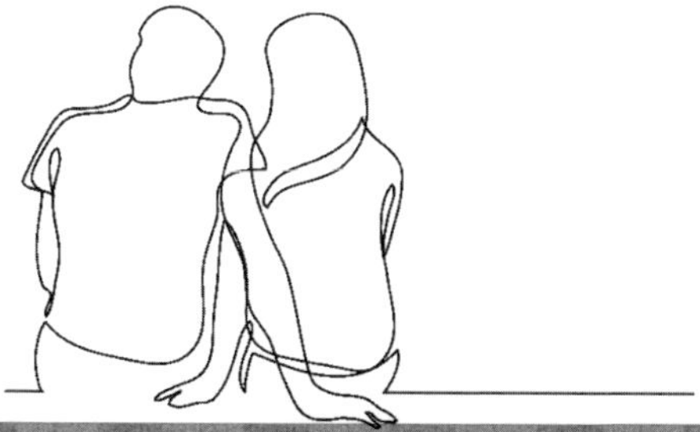

끝전

길을 걷다가 돈부리에 걸려 멈칫하고 섰다
바람에 닳아 먼지만 날리던 길이
오늘은 동전만 한 눈을 뜨고 쳐다본다
모르는 채 눈 딱 감고 지나치려는데
바닥에 박힌 눈동자가 나를 흘긴다
어디로 가는 길이냐고 묻는다
한 길 땅을 판들 동전 한 닢 나오더냐
주워 담기만 하면 그만인 걸
이런 횡재수를 놓고 망설이면 오던 복도 도망치겠다
그래 평생 그 모양 그 꼴이지 쯧,
혀를 차는 동전을 두고 허리를 숙일까 말까
푼돈을 넣고 뺀 보통예금통장의 이자처럼
발품을 판 걸음에 성이 차지 않는 끝전이 붙었다
엄마, 공책값 하고 손 벌리면
한참을 뒤적이다 고쟁이 속주머니에서 꺼내 주던
10원짜리
손때 묻은 어미가 땅바닥에 떨어져 있다
억 소리 나는 세상길에

먼 데 떠난 우리 어머니. 자꾸 뒤돌아보며
헉헉거리는 자식 입에 맛난 거 하나 넣어 주고파
노잣돈 한 푼 흘리셨다

(2016.1.7.)

밥그릇에서 입까지

사랑의 집 요양원에 하루치 기적이 밝아오면
다시 살아난 입이 새 아침을 뜬다

소복하게 움튼 생명이 모락모락 숨을 말아 올리는
밥그릇을 앞에 두고
나지막이 허리 숙여 내미는 손이 공손하다
숟가락을 들고 찾아가는 밥까지의 길
덜덜덜 끌며 가는 빈 수레가 낡았다

눈 감아도 익숙하던 길이 문득 낯설어질 때
한가득 퍼 담고 싶은 밥 한술
이 밥그릇을 차지하기 위해 숨 가쁘게 달려왔다
더듬거리는 숟가락 끝에 겨우 몇 알이 건져 올려지고
엉겨 붙은 생의 무게를 끌어당겨
입으로 가는 길이 아슬아슬하다
식어가는 적막에
한 입이라도 더 떠 넣으려는 손길이 분주하다

또 하루의 시작은
언제 돌아올지 모를 봄날을 위해 한 톨 불씨를 심는 것

밥그릇에서 입까지
일생 좁혀왔던 간격이 다시 멀어진다

(2016.9.3.)

언젠가는 좋은 날

위선보다는 가끔 막장 드라마가 인간적이지
한 사나흘
밀폐된 독에 갇혀 발효의 시간을 견디느라 속 끓인 농주는
어미 손에 걸러져 막걸리가 되고
이 술에 취한 아비는 힘든 줄도 모르고 막노동을 견뎠다
아홉 식구를 끙끙 먹여 살렸다
갈수록 힘에 부쳐 술독에 빠졌다
언젠가는 좋은 날이 오겠지
기다렸던 오일장이면
꽃 본 나비, 물 본 오리를 주절거렸다
벗들을 만나 주거니 받다가
논고랑에 처박혀 잠든 주정뱅이가 되었다
겨우 일으켜 세워 집으로 돌아오는 내내
세상을 향해 지껄이는 욕지거리가 거품을 물었다
산 입에 거미줄 대신 끈질긴 목숨 줄을 뽑아
무너지면 쌓고
끊어지면 다시 잇기를 반복한 마른침이
입가에 맺혀 끈적거릴 뿐

참고 기다려도

언젠가 좋은 날은 절대 돌아오지 않았다

(2020.6.20.)

티슈 두 장

뽑힌 자리에 다시 돋아난 티슈는 뿌리가 없다

나 죽는다고 연락했다가 안 죽고 버티면
자식들 헛걸음시킨다고
비싼 여비와 시간만 허비한다고 우리 아버지
정작 위독하다는 기별을 받고 달려갔을 땐 반송장이었다

삶의 불꽃이 휩쓸고 지나간 폐허
앙상하게 팬 몰골 사이로 불씨만 남아
금방 꺼질 듯 가물거려도 지푸라기 하나 건네줄 수 없다
셋째 내외가 내려왔다고 들먹이는 노구를 겨우
반만 일으켜 세우니 그르렁그르렁 가래가 차오른다

그래 뱉어. 물고 있지 말고 뱉으라고
쑥쑥 뽑아 콱 막힌 입에 대주는 어머니를 노려보며
가래 대신 웅얼웅얼 남은 성깔을 뱉어낸다

돈 한 푼 못 버는 것이 아까운 줄도 모르고

잘도 뽑아 쓴다고 나무라는 거라며 눈물짓는 어머니 손에
배추흰나비 날개 같은 티슈 두 장이 들려있었다

목숨 값보다 더 귀한 티슈는
마지막 한 장까지
쑥쑥 뽑히는 신바람에 다시 돋아나 연명한다

(2019.1.9.)

구름댁 엄마

열일곱에 새댁이 된 우리 엄마
외할아버지께서 지어 준 이름 대신 구름댁이라 불렸습니다
갓 핀 소녀티를 벗고 갈아입은 호칭이
얼마나 헐거웠을까요

해남댁 흑산댁 목포댁 순창댁
택호만 들어도 물방울처럼 떠오르는 어미들 고향 어디쯤
엄마는 자랐을까요
어느 하늘에서 노닐던 구름이었을까요
해마다 설날이면 형제들과 손잡고
산 너머 외할아버지 댁에 세배하러 다녔지만
누구도 일러주지 않은 엄마의 택호였습니다
왕지봉이라는 산 하나를 사이에 두고
저편에서 이편으로 시집와 구름댁으로 불린 까닭이
바람 한 점 없는 날에도 뭉게구름처럼 피어올랐습니다

고향을 떠난 뒤에도 나는 이름 대신
구름댁 셋째 아들이 되어 동네방네를 소문처럼 떠돌아다녔습니다

언제 그랬느냐는 듯 한바탕 퍼붓다가 사라진 소나기구름처럼
먼 길 떠난 부모님 대신
우연히 사촌 형으로부터 전해 들은

앞산 고개를 넘어 시집오는 새색시 모습이 한 폭의 구름만 같아
마을 사람들이 붙여 주었다는

우리 엄마는 구름댁이고요
우리 집 암탉은 꼬꼬댁이었답니다

(2019. 2. 1.)

꽃삽으로 장모님을 묻었다

피었다 진 꽃은 씨앗만 남아
다음 생을 찾아 허공을 나른다

박꽃 같았던 장모님
혼자 울고 웃어야 하는 독거노인이 되었지만
화분 하나 들여놓고 덩굴손을 뻗었다
간간 전해오는 전화 목소리를 붙잡고 오른 마디마다
자식들 머릿수만큼 조롱박이 열렸다

벌 나비가 되어 찾아들면
어서 오게 이 서방
함빡 벌어 반겨주던 웃음꽃
꿀을 빨아먹었던 그 자리에 향기만 남아 자욱한데

너무 뜨거웠던 한생이었을까
삼일장 끝에
마지막 불꽃 송이로 활활 피었다가 한 줌 씨앗으로 남겨졌다
한복으로 갈아입은 듯 곱게 한지로 감싼

작고 가벼워진 장모님을 모시고 돌아오는 내내 나는 허허로웠다

한동안 아내 화장대와 종종 주무시고 가신 방에 두어도
함께 보던 TV 곁에 모셔놓아도 다시 움트지 않는 꽃씨를

차고 기우는 달의 궤도
초가지붕 위에 핀 박꽃처럼
보름날 밤이면 환하게 딛고 걸어올 앞산 기슭에 장모님을 옮겨 심었다
밤새 울어 줄 풀벌레 울음 몇 삽과 덮고 누울 그늘 한 자락을 끌어당겨

(2021.1.15.)

통돌이 세탁기

낡은 세탁기 돌아가는 소리가
낮잠 주무시는 아버지 코 고는 소리를 닮았다
몇 번의 응급처치로 부품을 교체했지만 하루가 다르게 늙어 간다
어깨를 수리하면 다리가 아프고
다리를 고치면 허리가 다시 아파 오고
이젠 중고로도 팔리지 않는 것을
내다 버리고 신제품으로 들여놓자 해도 아버지
아직 괜찮다
쓸 만하다며 손사래 친다
언제 멈춰 설지 불안, 불안한 우리 집 세탁기
덜커덩거리면서도 장마 지기 전 어디 막힌 곳은 없는지
무너지진 않을까
논둑도 손보고 밭고랑도 둘러보고 돌아와
막걸리 한 잔 맛나게 들이켜더니 테레비 앞에 앉아 꾸벅꾸벅 존다
아버지 편히 주무세요
일시 정시 버튼을 눌러 베개를 베 눕혀주고
잘 맞지 않은 수평을 바로 잡아준다
날마다 찌들어 가는 식구들

훙허물만 골라 품에 안고
세탁과 헹굼, 탈수를 반복하느라 정신없이 돌고 돌았을 세탁기
말끔해져서야 나란히 빨랫줄에 걸려 마를 때는
새 옷이라도 된 것처럼 펄럭이고 싶었다
그르렁그르렁
멈출 듯 다시 돌아가는 세탁기 코 고는 소리에
토방에 걸터앉으려던 한낮 땡볕이 잠시 멈칫한다

(2019.7.1.)

문턱

노년의 아버지는 문턱을 베고 누워 낮잠을 청했다
수도 없이 넘은 문턱에 하얗게 늙은 잠이 코를 골았다

종종 넘어져 앞꿈치를 붙잡고 좌절했던 문턱은
바람 잘 날 없는 발길에 닳아 반질거렸다
가로놓인 것만으로도 안과 밖
춥고 배고픈 온도 차를 극명하게 설명해 주었다
온전히 깨닫기까지 경계를 넘다가
다치고 깨진 육 남매의 아픔이 고스란히 박혀있었다

문턱만 넘으면 고생이란다
차례대로 바깥세상을 향해 떠나는 자식들을 바라보며
무엇 하나 해줄 것 없는 아버지는 발꿈치를 조심하라고 당부했다

난관을 뚫고 들어설 때마다
걸려 넘어지지 않을까
높아진 문턱 앞에서 좌절하진 않을까

반질반질 닳아 웃고 있지만
언제 어디서 발꿈치를 물어 넘어뜨릴지 모를 문턱을 베게 삼아
비몽사몽 간에 누운 근심이
깨물면 아픈 열 손가락의 안부를 엿듣고 있었다

(2021.1.13.)

미온

뜨겁지도 차갑지도 않다면 미지근한 거다

부자는 조금 뜨겁고
빈자는 약간 시릴 정도라지만 아버지는
일생 미지근했다
아홉 식구를 가난에 떨게 했다
하루 세끼를 돌려막기에 급급했다
우리도 남들처럼 뜨겁게 좀 살아요
원망할 때마다
넘칠라
끓기 전에 참을 줄 알아야 사람이라고 했다
손이 시리면 돌아서서 비비라 했다
덕택에 아부할 줄 몰라 미적지근하게 자란 나는
기뻐도 웃지 못하고 슬퍼도 울지 않게 되었다

아버지가 뜨거웠다는 건 돌아가신 뒤에 알았다

숨을 거두었어도 한동안 미지근했다

병풍 뒤에 누워 온화해 보였지만
입관하기 전
마지막 잡아 본 손과 얼굴은 얼음장보다 더 차가웠다
장례를 치르는 3일 만에
처음으로 식어 섬뜩해진 아버지

미지근했다면 따뜻한 거다
넘치지 않게 부글부글 끓었던 거다
달궈지지 않는 식구들을 품고
일생 뜨거워지려 발버둥친 거다

(2020.12.3.)

폐가

비가 올라나 마파람 분다
펄럭이는 빨래를 걷고
썩은 두엄을 말리던 마당도 치우고
담벼락에 기대 놓은 지게도 들여놓고

비가 온다
까만 모자를 뒤집어쓴 하늘 손님이
다리를 걷어붙이고 찾아든다
마루에 걸터앉은 주인장
주룩주룩 풀어놓는 내력을 곰곰 새겨듣다가
담뱃불을 끄고 방에 든다

듣고 보니 옳다
방향을 틀어 들이치는 바람의 행로도
그 길 따라 걸어온 비의 맨발도
다시 돌아가야 할 길을 묻고 있으려니

고갤 끄덕이던 주인장은 보이지 않고

낙숫물 소리만 초침처럼

똑,

똑,

똑,

똑,

처마 끝에서 마당까지

허물어져 가는 시간을 잰다

(2014. 5. 29.)

비

갈라지고 타는 가물에 소식도 없이
어머니, 하고 장대비가 들이치면
오메, 내 아들 왔능가 반색하며
찰박찰박 빗길을 달려 나오는 맨발

배고프지아 쬐끄만 지달래라 잉
빗속에서 두 팔을 걷어붙이고
아껴둔 모종을 찾아 옮겨 심는 손길이 신명 났다
묵은지를 심고 달랑무를 심고
오목조목 생선토막과 풋고추도 심고
된장국에 고봉밥을 북돋아 차려낸 밥상

한 가지밖에 가꿀 줄 모르고
거둘 줄 모르는 노모가
밥상머리에 쪼그려 앉아
꿀떡꿀떡
아들 목으로 넘어가는 단비 소리를 듣는다

하얗게 그을려 찾아드는 옛집에
아들은 가랑비 되고 노모는 보슬비 되어
서로를 촉촉이 적셔주는 밤
금세 해갈은 되었지만
날이 새도록 그치지 않을 비가 내린다

(2013.10.26.)

손가락 숫자

어머니는 손가락이 숫자였습니다
이름 석 자도 읽을 줄 모르는 까막눈이었지만
손가락 숫자들이
빠듯한 살림살이를 더하고 빼주었습니다
할아버지 할머니 제삿날과
육 남매 생일을 일러주는 것도 손가락이었습니다
바느질하다 말고
가물거리는 호롱불 밑에서 손가락을 꼽던 밤
항아리를 채운 양식도
아버지 외상 술값도 빚으로 남아
오른손으론 부족해 왼손까지 보태졌습니다
한 번 구부렸다 펴면 곱으로 늘어나
어머니의 밤을 깜깜하게 했습니다
밭매느라 뭉개진 지문처럼
빚더미도 자꾸 세면 닳아 없어질까
말없이 구부렸다 펴보는 숫자들이었습니다
군 복무를 마치고 돌아온 셋째를 위해
장마가 겹친 보름 동안 모내기 품삯을 꼬박 모아

서울 갈 여비를 쥐여 주며
이것밖에 마련해주지 못해 손이 부끄럽다던 어머니
다시 뵐 순 없지만
더는 곱할 수 없을 만큼 따뜻했던 손가락 숫자들이
나를 헤아려 주고
무거운 어깨를 다독여 준 것입니다

(2018.10.26.)

숙면

아버지는 일생 불면증을 앓았다
자다 깨기를 반복하며 하루하루를 살았다
여덟 식구가 잠든 밤이면 증상은 악화되고
몽유병 환자처럼
자다가도 벌떡 일어나 다음 한 끼를 중얼거렸다

먹고 돌아서면 다시 고파 오듯
날마다 잠들어도 다시 깨는
아버지의 병은 치유될 수 없는 선천성 내림병이었다
솟구쳐 오른 태양이 밤새 쌓인 억겁을 밀어내면
쫓기듯 일어나 또 하루를 살았다

잠들지 못한 일상은 삶이 되고
가난이 돼
육신을 소진시켜 늙게 했지만
아버지의 불면이 나를 먹이고 이만큼 키웠다

언제부턴가 불 꺼진 안방에서

어둠을 뱉어 내는 헛기침 소리가 들려올 때마다
지병인 불면증이 내게 전이되고 있다는 두려움에
밤새 뒤척이며 악몽을 꾸었다

어느 달 밝은 가을밤
모처럼 근심을 털어 낸 아버지가 평온을 되찾았다
지상에서 허락된 잠은 사흘뿐
삼일장을 치른 아버지의 숙면이 땅속 적막에 묻혀서야
맘 편히 두 다리를 뻗을 수 있었다

(2017.3.31.)

워낭소리

무르팍이 아픈 노모가 쇠뼈를 곤다
논밭을 갈고 수레를 끄는 동안
뼛속까지 차오른 숨이 보글보글 끓어오른다

젖꼭지를 물고 치받는 아픔은 기쁨이었다
한 마리 두 마리
새끼들을 떠나보낼 때마다
깜깜히 돌아보며 흐느꼈던 그 밤이
가마솥 무거운 뚜껑을 들썩이게 한다

살 점 하나 없이 뼈만 남겨진
소 울음 같은 날들이 진하게 우러나는 동안
마른 가슴까지 졸이는 어미
사골국 한 사발로 삐걱거리는 무르팍을 적신다

야들아 뼛국 퍼다 묵어라
에미는 물 붓고 또 우려내면 되어야

어디서 들려오는 송아지 울음소리에
이명증이 도지는 겨울밤
바람구멍 뚫린 외양간에 홀로 남아
딸랑딸랑
고삐에 달려 흔들리는 워낭소리

(2012.11.18.)

오월

당신은 맨발을 신고 있었습니다
발잔등까지 차오른 황톳빛 맨발
뒷굽이 닳아 두꺼워지는 동안
굳은살 박인 길이 생겨났습니다
그 길 따라 보리밭은 푸르러지고
밭고랑 사이에 한 끼 허기를 묻어두었습니다

아카시아꽃이 향기로운 날
보리밭 속에 숨은 맨발은 보이지 않고
뻐꾸기 울음만 숨 가쁘게 날았습니다

보리가 알을 배고
풋내가 누렇게 익어 파도치면
그제야 벗어놓은 맨발을 고쳐 신고
보릿고개를 넘어오던 어머니

끼고 온 대바구니 속에는
부리가 닳은 호미와

먹다 남은 아카시아꽃이 담겨있었습니다

(2014.5.21.)

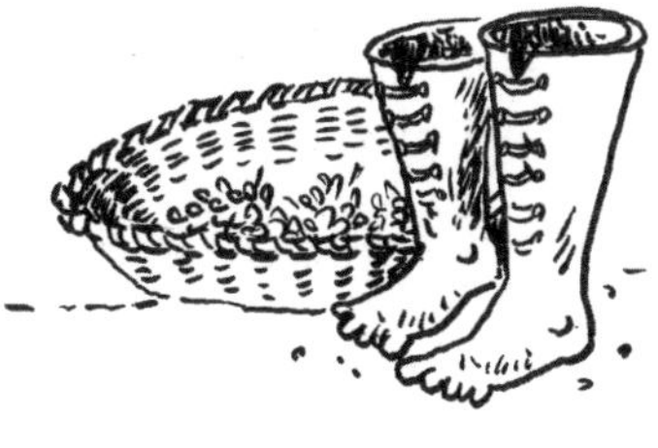

아랫목

할머니 돌아가셨던 자리
똑같은 모습으로 곡기를 끊은 아버지가 반듯하게 누웠다
허여멀건 형광등 불빛 아래
어머니, 외삼촌, 큰형님과 함께
오늘만 낼만 하는 아버지를 지켜보던 밤
마지막 숨을 확인하려는 듯
파리 한 마리 날아와 아버지 얼굴에 앉는다
꼭 감아버린 세상과
한마디도 못 하고 다물어버린 말문을 찾아
여기저기 번갈아 더듬거릴 때마다 움찔하며 파리를 쫓는다
네 이놈 썩 물러가거라
호통치는 듯한 몸부림으로
검은 옷자락을 펄럭이며 끈질기게 달라붙는 저승사자를 밀친다
니 아부지 돌아가실라믄 안직 멀었다
가만 쳐다보던 외삼촌이 돌아눕고
그 말에 안심이 된 내가 곯아떨어지기 무섭게
아이고 아이고오
눈을 크게 뜨고 바라보더니 그만 감아버렸다는 아버지를 흔들며

어머니의 통곡이 자지러지게 피었다
29년의 시차를 두고 또 한 번 울음바다가 된 아랫목
다음 순서를 기다리는 유혹이 따끈하다

(2016.12.22.)

오냐, 고맙다는 말

안부 전화 끝에
오냐, 고맙다는 말
짧은 통화였지만 나직한 목소리로 찬찬히
그래, 자식이라서 반갑다는 말
어느 하늘 아래, 서로 반짝이던 날
땅끝 저 멀리서 울려오던 진심
나눌 수 있는 모든 것에 감사해지는 시간
꼭 들려주고 싶은 그 한마디를 남기고
아버지는 오래지 않아 돌아가셨다

홀로 남아
하나둘 손가락 다섯 개를 꼽으며
이만큼 더 살았으니 니 아부지 나이와 같아졌구나 하던 어머니
어느 날 전화를 받고
오냐, 고맙다
전화해 줘서 고맙다, 고맙다
가느다란 줄 끝에 달려
전해 오는 아들 목소리 하나 달게 받더니

어머니마저 금세 돌아가셨다

며칠 전
고향에 사는 큰형님께 안부 전화를 드렸더니
동생, 고맙네 한다
축제는 끝나고
꽃눈 내리는 벚나무 아래
아름다웠던 날들이 흩날리며 속삭이는 말
메아리치듯 들려오는

오냐, 고맙다는 그 말

(2015.4.30.)

영정사진

아버지 기일에 초대받은 어머니
젊은 사내 곁에 일흔하나
주름살 박힌 여인이 남세스럽다고 웃는다
이럴 줄 알았으면 입술이라도 좀 이쁘게 그릴 걸 그랬나
파마머리에 분칠한 얼굴이 푸석하다

잔칫날처럼 푸짐하게 차린 제사상 머리에
40대 초반에 찍은 흑백사진의 아버지와
뒤늦게 천연색으로 늙은 어머니가 나란히 모셔졌다
머리카락을 풀고 피어오르는 향불 너머에서
여보 마누라
오늘이 내 제삿날이야 어서 와 밥 한술 뜨고 가소

반가운 목소리에
잠깐만 잠깐만요
아픈 다리를 절뚝거리며 바람문을 슬쩍 밀고 들어와
먼저 도착한 남편 곁에 다가와 앉은
남쪽에 묻힌 아버지와 북쪽에 묻힌 어머니
같은 선산이지만 후손들의 안위를 위해
서로 떨어져 지낸 세월이 벌써 십칠 년째다
진작 합장해드렸어야 했는데 차일피일 미루는 동안 부모는
괜찮다, 괜찮다며 썩어가는 시간까지 기다려주신다
이렇게라도 만날 수 있어 행복한 어머니는
젊은 남편이 싫지 않은 눈치다
함께 했던 그날, 살아 생생한 눈동자로
무섭게 늙어 가는 육 남매 절부터 받는다

(2020.5.12.)

동갑

일흔하나는 일흔하나와 일흔하나를 수습하기 좋은 나이

육 남매를 출가시킨 뒤 두 내외만 남았어도 아버지는 술을 더 사랑하셨다
하루가 멀게 가난의 잔을 비웠다
취하면 밤이고 깨면 낮이었지만 며칠째 해가 뜨지 않는 밤이 계속되기도 했다
저러다 회갑이나 넘길 수 있을는지
다행히 88올림픽이 열리던 해
아들, 손자, 며느리 다 모여서 회갑 잔치를 벌인 날도 낮보다는 밤이 더 길었다

그로부터 십 년 세월은 낮도 밤도 아닌 백야였다
물도 술도 아닌 일흔하나
깨진 바닥을 드러내고 쓰러져 비몽사몽 간에 누웠어도
자식들 헛걸음시킨다고 반송장 되어서야 기별한 숫자

눈 한 번 크게 뜨고 바라보더니 스르르 감아버렸다는 일흔하나를

떠나보내고

홀로 남아 이만큼 살면 니 아부지 나이와 같아지는구나 하시며

다섯 손가락을 꼽아 보이더니 서둘러 따라나선 어머니도 일흔하나였다

선산에도 법도가 있어 뒤늦게

남쪽에 묻힌 아버지와 서쪽에 묻힌 어머니를 합장하던 날

23년째 깜깜한 취기에서 깨어난 일흔하나와

18년 동안 손꼽아 기다리던 일흔하나가 환한 대낮 백골로 만났다

일흔하나와 일흔하나를 나란히 모시는 일은

일흔하나의 몫

올해 동갑이 된 장남이었다

(2021.4.11.)

아버지의 바다

한 번도 본 적 없는 바다를 보았다면
우리 아버지
넘실대는 푸른 물결이 한창 우거진 볏논 같아
끝없이 펼쳐진 들판만 같아
팔다리를 걷어붙이고 뛰어들었을 거야

이렇게 너른 들도 누렁이 소와 함께라면
단숨에 수평선까지 갈아엎었을 거야
잠시 쟁기질을 멈추고 논둑에 걸터앉아 새참 드시기 전
고수레로 뿌린 밥알에 멸치 떼들이 몰려와 입질하였겠지
썰물이면 물꼬를 트고 밀물에 다시 막아 조절했을 수위
만석 꿈에 부풀어 힘든 줄도 몰랐을 거야

일곱 마지기 논에 모를 심고
이모작으로 보리 파종을 해 아홉 식구를 먹인 아버지
등에 업혀 논둑길을 걸으면
초록빛 바다를 노 저어 가는 것처럼 어지러웠다
볏 잎에 부는 바람이 파도가 되어 뱃머리를 흔들며 지나갔다

성년이 되어서야 뒤늦게 도착한 바다 앞에 서서
나는 한동안 벅차올랐다
벼 이삭처럼 또록또록 영글어 고개 숙인 물결이
황금빛으로 일렁거렸다
죄송하지만 한 번도 구경시켜드리지 못한 바다 저 멀리서
술고래 한 마리가 자맥질하고 있었다

아버지, 불러도
잠시 꼬리를 치켜세워 흔들어 보일 뿐
대답도 없이 수평선 너머로 사라져 갔다

(2020.3.29.)

제4부

모두

낮과 밤을 지나는 동안
꿈틀거리며
흔들리며
반짝이며
출렁이며
요란한 듯 조용히 스쳐 가는

칼 갈아요

날이 무뎌진 오월
마지막 남은 하루를 두고 넘길까 말까
산뜻한 유월로 갈아탈까 말까 망설이는데
칼 갈아요
수사도 부연도 없다
다짜고짜 낡은 달력장을 쭉 찢어 넘기라는
숫돌 같은 사내의 음성이 들려온다
시퍼렇게 날을 세우며 살았을 저 목소리
집집마다 칼 한 자루씩 품고 산다는 걸 안다
곧기도 굽어지기도 한 골목골목을 돌아
잠시 잊고 살았던
뭉툭해지고 이 빠져 방구석에 들이박힌 칼들에게
날 선 기억을 떠올리게 한다
쓰지 않아도 잘 벼린 칼날이어야 했다
미끄러져 내려가기도 하고
몸을 추슬러 다시 올라서기도 했다
연신 물을 적셔가며
오르내림을 반복했지만 끝내 일어나지 못하는 칼들에게

무 토막도 자르지 못해 녹슨 칼날에게

칼 갈아요

외치는 목소리가 움푹 닳았다

(2019.5.31.)

울릉도 석향*

살다 보면 나이조차 잊을까
외지인들은 2500년쯤 될 거라 하고 섬사람들은 4000년도 넘었다 한다
고작 1500살쯤이야 팔순과 구순의 나이 차 정도라며
모르고 사는 게 백번 속 편하다는 울릉도 석향

아무도 모를 편안한 속
그 나무 안에 깊이를 가늠할 수 없는 우물이 있다
해풍이 몰아치는 바람벽 언덕
바위 틈새를 뚫고 실핏줄처럼 흐르는 물줄기를 찾아 수천 년 파 내려갔을 우물
밤낮 쉬지 않고 삽질하여도 보이지 않는 물줄기가 하루하루를 재촉하게 했다
꿈같은 스물과 서른 살을 파고 불혹과 지천명을 지나 이순에 당도하면
한풀 꺾일 인생이지만 눈 한번 깜빡하지 않고 다시 시작하였을 것이다
몇 번쯤 주저앉아 낙심도 했을

망연히 올려다본 하늘 위로 천년의 빛과 어둠이 교차하는 동안
멀리서 들려오는 파도 소리는 하루도 빠짐없이 물거품으로 일어 사라져 갔다
천년의 바람과 천년의 비와 천년의 눈을 맞으며
깃들었다 날아가기를 반복한 새들의 노랫소리에 외로움을 견딜 수 있었으리라
말없이 수천 년 깊어진 우물
낡은 두레박을 던져 넣으면
까마득히 먼 조상의 나라 반도의 신화 속으로 뿌리를 찾아 내려가다가 마침내
텅,
끝없이 번진 파문에 제 나이도 잊을 나이테로 물결친다

밤새 펴 올리느라 떨어지는 물방울 소리가 아직 푸르고
빠져나가고 남은 한 모금이 향기로운 것이다

(2019.11.26.)

석향*: 울릉도 암벽에 자생하는 향나무

전봇대 연대기

전봇대에 이끌려온 개 한 마리
수직의 영토 위에 적힌 경계를 읽는다
동서남북
위도와 경도를 따라 표시된 수많은 좌표들
기준점처럼 세워진 전봇대의 기원에 개들의 역사는 시작되었다

굽이쳐 흐르는 강물 따라
목을 축이고 산맥을 넘어 영역을 확장하던 야생이
언제부턴가 사람들 손에 길들여진
강요당한 순종 앞에 멈춰 서서 코를 박고 숙연해진다

마을이 있고
집집마다 갇혀 서로를 소통하던 울부짖음이었다
짧은 외출에 헐레벌떡 달려와
치밀하지만 부드럽게
얼룩진 지도에 숨겨진 그들만의 암호를 해독한다

제가 누군지

어디서 왔다 어디로 가는지
몇 번을 반복해 읽고 킁킁 수긍하고 나서야
뒷다리 하나를 들어 예를 표하는

순간만큼은
목줄을 당겨도 쉽게 허락하지 않고 꼬리를 흔들지 않는다

밑동이 젖은 전봇대의 연대가 한층 길어진다

(2017.2.15.)

긁적 타결

머리띠를 두른 햇살 노동자들
주 52시간제 도입과 준공영제를 실시하라며 총파업을 선언했다
극심한 미세먼지를 뚫고 버스를 운행하느라 과로한 햇살들
더는 견딜 수 없어
협상이 타결되지 않으면 내일의 해는 뜨지 않을 거라고 낯을 붉혔다
미세먼지 농도가 달라 지역별로 해결하라는 당국과
영역을 넘나드는 햇살의 특성상 지원이 꼭 필요하다는 지자체가
책임을 서로 떠넘기는 판국이다
소식을 전해 들은 동식물들
한창 열매를 키우던 매실나무와 한 뼘씩 키를 늘린 소나무도
하루 벌어 하루 먹고사는 개미들도 당장
발이 묶인다는 내일 아침 출근길 걱정뿐이다
밤새 뭇별들이 깜박거리며 지켜보는 가운데 협상은 진행되고
임시방편으로 낮달을 운행하는 방안과
개똥벌레처럼 각자 빛을 달게 하자는 안을 신중히 논의했지만
결국 사용자 주머니를 터는 손쉬운 방법으로 몰아가고
긁적 타결

밤샘 줄다리기 끝에 가려운 곳을 슬쩍 긁어주는
예정된 수순에 따라 봉합되었다는 속보를
광화문 네거리에서 들뜬 목소리의 기자가 생방송으로 전하고 있다
여러분
모두 우려했지만 평소와 다름없이 아침 해가 떴습니다
머리띠를 푼 햇살 노동자들이 거리를 비추며 힘차게 달려가고 있습니다

(2019. 5. 17.)

축대에 꽃 핀 날

벼랑 끝에 선 돌들이 긴장한다
서로 다른 성격과 모양새로 박혀 제 자리를 지켜 왔던 틈새에
잡초가 꽃을 피웠기 때문이다
모서리를 다듬어 아귀를 맞춘 틈은 쉽게 지나갈 수 없는 길
돌멩이의 일격에 금 간 유리창처럼
산산조각으로 갈라진 골목은 좁고 험난했다
떨어진 빗방울이 축대를 타고 흘러내렸지만 중도에 길을 잃었고
잠시 쉬어 가려던 박새의 두리번거림 마저 날아간 뒤
벼랑은 한층 적막했다
풀 한 포기 자랄 수 없는
크고 작은 돌들의 아우성만으로 버텨 온 날들
누군가는 위에서 짓누르고
또 누군가는 떠받치며 살아야 하는 빼도 박도 못할 운명 앞에
한숨 섞인 아비의 담배 연기는 맥없이 허공을 날았다
치열했던 삶이 떠난 폐가의 뒤꼍
벼랑엔 위태로움만 남아
꼭 다문 침묵과 침묵 사이로 길이 뚫렸다
기다렸다는 듯 뿌리를 내린

바람벽에 기대선 작고 여린 패랭이의 웃음꽃에
바짝 당긴 긴장의 끈이 느슨해진다

가팔랐던 여름이 지나고 있다

(2018.7.29.)

나냐 너녀

다시 자란 연필을 깎으면
사철 끌어모았던 한 트럭분의 매연과
유통기간이 지난 매미 울음소리와
까치집 다섯 채가 철거되었다

왕복 6차선 도로변에 서서
침 발라가며 열심히 받아쓰기한 버즘나무
벌써 대학을 졸업하고도 남았으련만
초등학교는커녕 몽당연필이 되었다
심기가 곧은 가지에 이파리를 달고 사방으로 뻗어 나부끼던 날
쉿,
안전모를 쓴 인부들이 몰려와 연필을 깎아댄다
애써 받아 적은 행적을 싹둑, 싹둑 잘라내며
기역 니은 디귿 리을
그래. 거기까지만 알면 돼
도심. 삭막의 거리에 오아시스처럼 파란 그늘을 그려 넣으렴
웃지 말고 시야와 일조권도 가리지 말고
아 이 우 에 오

받아 적을 수 있으면 돼

전기톱과 낫을 든 인부들이 깎아놓은 연필 토막
다시 몸통만 남은 가로수가
숨겨진 팔을 내밀어
밀린 일기를 또박또박 눌러 적는다
나냐 너녀 노뇨 누뉴 느니

(2020.5.24.)

배영

섬진강횟집 수족관 속에
팔다 남은 전어들이 헤엄쳐 간다

떼 지어 몰려다니던 벗들이 하나, 둘 사로잡혀 가는 동안
재빠른 수영 솜씨로 살아남은 전어들
자유형과 잠영을 구사해 요리조리 빠져나갈 수 있었다
기진맥진한 하루
그만 아가미를 들썩이며 멈춰 서고 싶은데
끝까지 입맛을 돋워야 하는 싱싱횟집
파도가 밀려오듯
연결된 파이프를 타고 콸콸 쏟아져 내리는 물살에
꿈틀거리는 본능이 몸을 떠민다
마지막 남은 기술을 선보이라 한다
배영이다
어떤 순간에 내몰려도 절대 보이지 말라던 아버지의 당부를 잊고
하얀 배를 드러냈다
저항을 최소화한 유선형 몸짓으로
저를 떠맡기듯 떠올랐다가 가라앉는 자세가 일품이다

다리를 꼬고 누워 흥얼거리는 것처럼

등 푸른 수면 위에 거꾸로 뒤집힌 한세상이
아무렇지도 않게 흘러간다

(2021.9.3.)

뜸행

언제 한번 보자, 보자만을 남발하다가
훌쩍 불어 가는 봄날이 아쉬운 벗들과 함께 관악산에 올랐다
먼 길을 돌아 육십 대 첩첩산중에 들어선 옛 친구들
철 지난 산에는
얼굴 골마다 울긋불긋 피었다 진 상처가 선명하다
그나마 느지막이 핀 아카시아가 시들어가는 입담을 하얗게 털어놓는다
누군 아들 걱정을 하고 누군 딸 자랑을 하며 밟아가는 걸음이
나무 그늘 사이로 들인 햇살처럼 어른거린다
소 닭 보듯 한다느니
벌써 삼식이 취급한다느니 흉보다가도
챙겨준 점심을 나눠 먹을 땐
그래도 우리 마누라가 최고라며 남으로 뻗은 가지를 흔들어댄다
멀리 손바닥만 한 도시가 내려다보이고
숨바꼭질하듯 살아가는 저마다의 삶이 신기루 같다
꼭 쥔 하루를 펴고 다시 만나면
언제나 그 자리에 서서 기다려주는 나무들
키 큰 석호나무

작지만 매운 노하나무
수다스러운 영식나무
코부터 빨간 윤방나무
함께 어울려 숲을 이루면
좀 뜸했다 싶은 산행도 언제 그랬냐는 듯 나부낀다
서로의 뒷모습 따라 오르막을 걷다 숨이 꼭대기까지 차오르면
잠시 주저앉아 쉬어 가는 길
이건 참나무 저건 졸참나무 너는 도토리나무라 키재기하며
시원스레 땀을 식히는 맛에 또 하루를 웃었다

(2016.5.21.)

민들레와 고등어

– KBS 『동행』 268회 방송을 보고

마른 꽃잎도 물을 부어주면 기다렸다는 듯 다시 피지
화창했던 봄날이 노랗게 우러나지

하룻볕에 기울어 웅크린 할미. 일하러 나간 며느리를 기다린다
민들레 풀씨처럼 날아와 한 식구가 되어 준 베트남 신부
적막강산에 손자 둘을 낳아주고
간염을 앓는 몸으로 자활근로까지 나선 것이 고맙고도 미안해
민들레 꽃을 꺾어 말렸다
이거밖엔 해 줄 게 없어 간에 좋다는 꽃잎을 넣고 끓는 물부터 붓는다

찻잔에 비친 할미가 주름살을 펴는 동안
하루 세 번뿐인 버스로 왕복 두 시간을 달려 장에 다녀온 며느리
낯선 음식에 적응 못 하던 신혼 초
시어머니가 구워준 고등어 덕분에 밥을 먹을 수 있었던 입맛이 특별식을 준비했다

어머니 고등어 한 손 사 왔어요 오늘 저녁 맛있게 구워드릴게요

돌아오자마자 시어머니 머리부터 감겨주고 발을 닦아주며 발가락이 이뻐요

쪼글쪼글한 얼굴에 로션을 발라주며 시집가도 되겠어요

찻잔을 들고 마주 앉아

어머니 오래오래 사세요

오냐, 너도 일하느라 애먹었다

밤마다 안동 산골이 환해지는 것은

찻잔을 부딪치며 민들레가 다시 꽃 피기 때문이지

(2020.9.11.)

곰 세 마리

까마득히 먼 옛날 옛적
2014년 10월 30일에
곰 세 마리가 한집에서 살았다는데
슬퍼진 엄마 곰이 먼저 말했어

돈이 없어 마이너스 통장을 쓰고 산다
점점 빚은 늘고 보험금 대출은 차고
끝내 마이너스 인생으로 살다 간다

여보, 이미 몇 번을 쓰다 찢었는지
생각보다 늦어졌어요
아이가 이해해 줘 같이 갑니다
딸을 데려간 독한 어미라 하지 말고 용서해 줘요

곁에 있던 열세 살 애기 곰도 따라 울면서
아빠, 그동안 막 굴어서 미안해
먼저 갔다고 슬퍼하지 마
그리고 따뜻하게 입고 잘 차려 먹어

나랑, 엄마랑 의식이 있어도 깨우지 말고 행복하게 가게 해줘
너무 미안해하지 마
담임 선생님께는 사고로 죽었다고 연락해 줘

뒤늦게 사냥에서 돌아온 아빠 곰
먹이를 물고 왔지만 나눠 먹을 가족이 일어날 줄 몰라
곁에 나란히 누워 함께 잠들었다는데
뜯긴 시월의 달력장엔
아직 타다만 단풍이 소리 없이 떨어지고 있더래

아빠 곰은 뚱뚱해
엄마 곰은 날씬해
애기 곰은 너무 귀여웠다는데

(2014.11.4.)

어르다

어항 속에 물고기를 가두고 즐기는 한가로움처럼
화분에 핀 꽃을 보며 짓는 미소처럼

수면에 잠긴 샘물을 흔들어 깨워 물결치게 하는 바람처럼
차오른 달을 슬쩍 꺼내놓았다가 이내 가로막는 먹장구름처럼

벗어날 수 없는 궤도에 갇혀 돌고 돌아가는 어느 행성처럼
거기에 깃들어 어떻게든 먹고살겠다며 발버둥 치는 미물들을 눈 깜박할 새
늙고 병들게 하는 세월처럼

세렝게티 평원
동물의 왕국에서 암사자가

사냥하다 걸린 새끼 가젤 한 마리를 장난감이라는 듯 가지고 논다
커다란 앞발로 가로막고 누워
한 입 거리도 안 되는 먹잇감을 풀어주었다가 다시 끌어당긴다

갓 태어나 채 마르지도 않은 몸
가늘고 긴 다리로 비틀거리며 일어나 한사코 달아나려는 것을
재미있다는 듯
핥아주고 비벼대며 어른다

시식하기 전

(2020.12.8.)

개나리꽃이피었습니다

백합과 여러해살이식물 나리 앞에
'개' 자를 붙이면
물푸레나뭇과의 개나리가 된다

'개' 자를 입에 문 나리들이
가느다란 나뭇가지에 기어올라 왈왈 짖어대면
아, 봄이 왔구나
기지개를 켜고 일어난 나들잇길에
지천으로 피어 꼬리를 흔든다

아가들 대신 꼬까옷으로 갈아입은 개들이
품에 안기거나 유모차에 실려 간다
똥강아지 엄마 아빠들
탁란 한 뻐꾸기 새끼에게 먹이를 물어 나르는 오목눈이처럼
간식을 챙겨주며 어르고 빤다
참나리 털중나리 노랑땅나리 솔나리 하늘나리
붙여주고 싶었던 우리 아이들 이름을
개들이 하나씩 달고 다닌다

산부인과 대신 요양원
예식장 대신 장례식장
소아과 대신 동물병원으로 노랗게 점령당하고 나서야
마침내 봄이 왔음을 절감하는 계절

백주대로에 뒤를 본 복실이 똥을
손주 것이라도 되는 양 휴지에 싸서 든 한 노인이
팽팽하게 당겨진 목줄에 이끌려 간다

(2021.1.7.)

어떡해

똑, 똑 두들겨도 열리지 않는 말문이었다
네 살이 다 지나도록
그 흔한 엄마 한마디도 없었다
혹 벙어리가 되는 건 아닌지
애가 닳아 병원에도 가보고 좋다는 약도 지어 먹였지만
굳게 잠긴 문은 트일 줄 몰랐다
한 줄 악기라는 듯
아, 뿐인 소리 줄 하나로 길거나 짧게 엄마를 찾아 부르고
높거나 낮게 배고픈 정도를 설명하다가 말이 통하지 않으면 소리 없이 울었다
새로이 날개를 달고 날아들었을 말의 나비들
세 살 터울의 형과
엄마 아빠가 들려주는 말들이 날갯짓을 하며 날아와 앉아도
눈만 껌벅일 뿐 대답이 없었다
꼭 다문 탓인지 점점 무거워져 안으로 깊어진 아이
언젠간 열리겠지
듣고 싶은 말 대신 또박또박 박힌 젖니만 쳐다보던 어느 날
무엇에 놀란 아이가 달려와 엄마 손을 이끌며 소리쳤다

어떡해

형과 함께 자동차를 타고 마트에 다녀오던 아빠
집 앞 도로에서 다른 차와 접촉사고를 일으킨 것을 목격한 아이가
닫아걸었던 말문을 활짝 열고 외친 첫 일성이었다

(2020.8.2.)

황소

퇴근길 술 한 잔의 여유도
생각났다는 듯 자리를 털고 일어나 제 발로 돌아간다면
고삐에 묶인 거다
툭, 하면 뿔난 어투로 불만을 토로한다면
뿔이 있다는 것도 모르는 거다
살다 보면 좋은 날이 오겠지
앞뒤 가리지 않고 갈아엎었어도 달라질 게 없는 세상
뒤틀린 심사를 치켜뜨고 들이받으려 할 때
수고 많았어요
토닥여 주는 손길에 그까짓 고통쯤 쉽게 잊는다면
멍에를 벗지 못한 거다

비빌 언덕조차 없는 외양간에 누워 지그시 눈 감은 황소
접으려 해도 접히지 않는 마음은 날마다 콩밭으로 달려가지만
삼켰던 것을 꺼내 돌아보는 버릇이 곰곰 되새김질을 한다
그럴 때마다 목에 걸려 흔들리는 쇠 방울 소리는 청승맞다

살다 보면 좋은 날은 절대 돌아오지 않는다

코가 꿰인 탓이다
좌로 당기면 왼쪽 우로 당기면 오른쪽으로 길들여졌기 때문이다
말뚝에 묶여 맴돌 때가 그나마 여유였다

날카로운 발톱 대신 뒷굽에 굳은살이 박였다면 짐승인 거다
네모반듯한 앞니를 가졌다면 풀이나 뜯으라는 거다
그런데 왜 피 냄새에 이끌리는 걸까, 살코기가 먹고 싶은 걸까

(2021.1.3.)

잡초

떡잎이었을 때 뽑힌 뿌리는 빈손이었다
속잎 몇 장 돋았을 때 뽑힌 뿌리는 흙 한 줌 쥐고 있었다
사방으로 뻗어 꽃 피울 땐 아무리 잡아당겨도 뽑히지 않았다

온 땅을 붙잡고 놓아주질 않는다

(2021.7.10.)

일기예보

하느님도 참
바람이 불겠다면 바람이 불고
비가 오겠다면 비를 내리면 어찌합니까

기분이 좋을 거라면 맑고
우울할 거라면 영락없이 흐린 하느님
천둥 번개가 치겠다는 소리에 구시렁거리며 뒷북이나 치고

갈수록 여름이 덥겠다느니
최강 한파가 몰아치겠다느니
오르내리는 체온까지 알아맞히려 쑤군대는 인간들 땜에
속내도 맘껏 드러내지 못하는 하느님

잠 못 이루던 열대야는 가고
늦더위도 없이
뚝 뚝 떨어지는 기온에 움츠러드는 시절입니다
점점 드세질 거라는 아내와 한파 소식이 두려워지는데

하느님도 참

눈이 내리겠다는 예보에 청승맞게

다 태우지 못한 꽃단풍 위에 눈을 뿌리시는 하느님

낙엽이 지기도 전에 겨울은 오는 건가요

(2013.11.1.)

꼬리는 맛있다

무얼 먹을까 마실까
반복되는 어렵고 힘든 선택도
손수건만 한 김 한 장이면 족하지
얇게 편 밥알에 지지고 볶은 근심과 걱정
파랗게 돋은 희망 몇 가닥을 넣어 돌돌돌 말면
한 끼쯤 거뜬하지
김밥 같은 하루
김밥 같은 사람들이 모여 출근한다
몇 줄 연결해 덜커덩거리며 운행하는 전철을 타고
나란히 앉아 졸거나 손잡이에 매달리거나
따끈따끈한 것이
금방 말아놓은 김밥 같아
식성에 따라 재료는 가지가지
바빠 대충 만 것도
서툰 솜씨에 옆구리가 터진 것도
시장이 반찬이라면 다 거기서 거기
아이들 대신 귀여움을 독차지하는 강아지처럼
물살을 거슬러 회귀하는 연어처럼

김밥도 꼬리가 있어

제법 어울리게 맨 스카프나 빨간 넥타이도

삐죽 내민 당근만 같아

꼬리부터 잘라 맛보면 별미지

(2021.4.3.)

시 평

가족이라는 이름

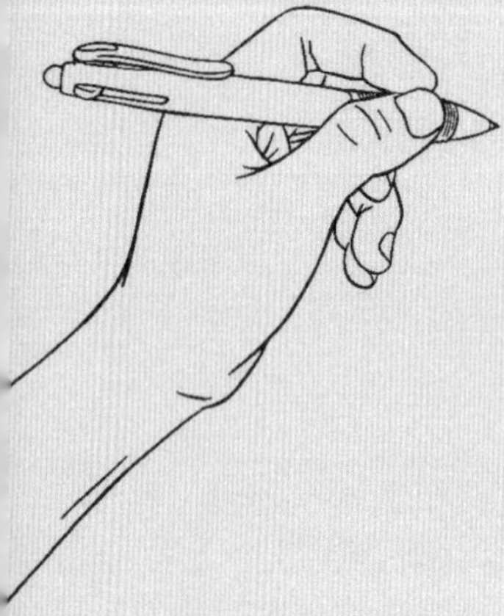

가족이라는 이름

맹문재(문학평론가, 안양대 교수)

1.

이삼현 시인의 시 세계에서 가족은 작품의 토대를 이루면서 시인이 궁극적으로 품고자 하는 대상이다. 시인에게 가족은 따뜻한 이름이고, 입에 맞는 음식이며, 편안한 거주지이다. 혈육으로 이루어진 집단이라는 개념을 넘어서는 정서이자 의미이다. 따라서 가족에 대한 시인의 사랑은 깊고 크고 무겁다.

시인에게 가족이라는 이름은 단순히 주어진 인연이 아니라 부단하게 추구하는 가치이다. 천부적으로 주어진 운명에 순응하는 것이 아니라 적극적으로 추구하는 사랑의 표상이다. 시인은 삶의 의지와 미래를 긍정하는 마음으로, 또 도리를 지키려는 의식으로 가족의 이름을 부른다.

시인은 가족의 이름을 부를 때마다 자신이 가족으로부터 사랑받았음을 확인한다. 가령 시인은 아버지의 일생이 미지근하다고 만족하지 못했고, 심지어 "아홉 식구를 가난에 떨게 했"고, "하루 세끼를 돌려막기에 급급했다"고 원망했다(「미온」). 그렇지만 입관하기 전에 마지막으로 잡아본 아버지의 손이 얼음장보다 차가운 사실에서 당신의 삶이 뜨거웠음을 알았다. 당신이 가족을 위해 한평생 얼마나 뜨겁게 살았는지를 깨달은 것이다. 그리하여 시인은 자신을 둘러싸고 있는 가족이야말로 가장 든든한 울타리라고 여긴다.

시인의 가족 사랑은 개인적인 차원을 넘어선다는 면에서 주목된다. 인간 가치가 경제적 교환가치로 전환되어 가족도 돈으로 사고파는 세상이기에 현대성을 띠는 것이다. 시인이 부르는 가족의 이름은 자본주의 시장이 추구하는 그 어떤 이윤보다 힘이 세다. 자본의 위협도 자본의 유혹도 자본의 전술도 시인의 가족 사랑을 무너뜨리지 못한다.

시인은 가족의 이름을 마음속으로 불러들여 자신과 동일화를 이룬다. 모순과 한계투성이인 자본주의 시장에 맞서는 공존과 연대의 얼굴로 합치는 것이다. 그것은 수월하지 않지만, 시인은 축소하거나 포기하지 않는다. 자신이 가족으로부터 사랑받은 존재이기에 이 세계를 사랑하는 존재가 되려고 하는 것이다.

2.

뽑힌 자리에 다시 돋아난 티슈는 뿌리가 없다

나 죽는다고 연락했다가 안 죽고 버티면

자식들 헛걸음시킨다고
비싼 여비와 시간만 허비한다고 우리 아버지
정작 위독하다는 기별을 받고 달려갔을 땐 반송장이었다

삶의 불꽃이 휩쓸고 지나간 폐허
앙상하게 팬 몰골 사이로 불씨만 남아
금세 꺼질 듯 가물거려도 지푸라기 하나 건네줄 수 없다
셋째 아들 내외가 내려왔다고 들먹이는 노구를 겨우
반만 일으켜 세우니 그르렁그르렁 가래가 차오른다

그래 뱉어. 물고 있지 말고 뱉으라고
쑥쑥 뽑아 콱 막힌 입에 대주는 어머니를 노려보며
가래 대신
무어라 웅얼웅얼 남은 성깔을 뱉어낸다

돈 한 푼 못 버는 것이 아까운 줄도 모르고
잘도 뽑아 쓴다고 나무라는 거라며 눈물짓는 어머니 손에
배추흰나비 날개 같은
티슈 두 장이 들려있었다

목숨값보다 더 귀한 티슈는
마지막 한 장까지

쑥쑥 뽑히는 신바람에 다시 돋아나 연명한다

— 「티슈 두 장」 전문

위의 작품의 아버지는 “나 죽는다고 연락했다가 안 죽고 버티면/자식들 헛걸음시킨다”며 당신의 병환을 알리지 않았다. 그만큼 자식들에게 피해를 주지 않으려는 것이었다. 특히 “비싼 여비와 시간만 허비한다”고 말한 데서 볼 수 있듯이 경제적인 면이었다. 그리하여 아버지가 위독하다는 기별을 받고 화자가 달려갔을 때는 이미 반송장 상태였다. “삶의 불꽃이 휩쓸고 지나간 폐허”여서 “앙상하게 팬 몰골 사이로 불씨만 남아/금세 꺼질 듯 가물거려도 지푸라기 하나 건네줄 수 없”는 것이었다.

이와 같은 상황에서도 휴지 한 장 함부로 쓰지 않는 아버지의 생활태도는 여전했다. “셋째 아들 내외가 내려왔다고 들먹이는 노구를 겨우/반만 일으켜 세우니 그르렁그르렁 가래가 차”올랐다. 어머니는 아버지에게 “물고 있지 말고 뱉으라고” “티슈 두 장”을 “쑥쑥 뽑아 콱 막힌 입에 대주”었다. 아버지는 어머니를 노려보며 “가래 대신/무어라 웅얼웅얼 남은 성깔을 뱉어”내었다. 그러자 어머니는 “돈 한 푼 못 버는 것이 아까운 줄도 모르고/잘도 뽑아 쓴다고 나무라는 거라며 눈물”을 지었다. 화자는 아버지의 발음이 정확하지 않았기 때문에 무슨 말을 했는지 알 수 없었지만, 오랜 세월 동안 함께 살아온 어머니는 분명하게 알 수 있었다.

화자는 "어머니 손에/배추흰나비 날개 같은/티슈 두 장이 들려 있"는 모습을 바라보며 가슴이 미어졌다. 난처한 표정을 짓고 있는 어머니뿐만 아니라 가난에서 벗어나려고 발버둥 치는 아버지의 얼굴이 서글펐다. 돈을 당신의 목숨보다 더 귀하게 여기는 생애가 안쓰럽고 억울했던 것이다.

이 시집 속의 아버지는 한때 "돈 벌러 서울에 갔"었다. 그렇지만 "희끗희끗 눈발이 몰아치던 날/됫병 소주와 돼지고기 두 근을 들고 마당에 들어"선 채 "헐렁한 바짓바람을 날리며 허수아비처럼 웃고 서 있"을 뿐이었다(「낡은 편지」). 아버지의 품에서 꺼낸 것은 돈다발이 아니라 객지에서 고생한 시간이 전부였다.

아버지는 귀향한 뒤 당신이 태어난 터전에서 가족을 품고 한평생 농사를 지었다. 언젠가는 좋은 날이 올 것이라고 믿고 "일곱 마지기 논에 모를 심고/이모작으로 보리 파종을 해 아홉 식구를 먹"여 살린 것이다(「아버지의 바다」). 아버지는 식구들의 입을 책임지려고 힘든 줄도 모르고 일에 매달리다가 "갈수록 힘에 부쳐 술독에 빠"지기도 했고, "논고랑에 처박혀 잠든 주정뱅이가 되"기도 했지만, 가난의 잔을 비우려고 온몸을 썼다(「언젠가는 좋은 날」).

아버지는 그와 같은 삶을 영위하느라고 불면증을 앓았다. "자다 깨기를 반복하며 하루하루를 살았"는데, 식구들이 "곤히 잠든 밤이면 증상은 악화"되었다. 아버지는 자고 일어나도 피곤에서 깨어나질 못했고, "몽둥이로 두들겨 맞은 듯 쑤시고 아"파했다(「뼛국」). 결국, 아버지의 "잠들지 못하는 일상은 삶이 되고/가난이" 되었고, "육신을 소진시켜 늙게 했”다(「숙면」).

식구들을 책임지느라고 단잠에 들지 못했던 아버지의 삶이란, 곧 가족에 대한 깊은 사랑이었다. “차례대로 바깥세상을 향해 떠나는 자식들을 바라보며/무엇 하나 해줄 게 없”었지만, 사랑을 결코 놓거나 줄이지 않았다. “언제 어디서 발꿈치를 물어 넘어뜨릴지 모를 문턱을 베게 삼아/비몽사몽 간에 누운 근심”으로 “깨물면 아픈 열 손가락의 안부를 엿듣고 있”었다(「문턱」).

아버지의 자식 사랑에는 아무런 조건이 없었다. 당신을 많이 닮고, 당신의 기대를 충족시키고, 당신에게 의무를 다하는 자식을 후계자로 삼은 것이 아니라 가난한 자식들 모두 잘되기를 바랐다. 어려운 형편에 주눅 들지 않고 사랑할 줄 아는 자식을 기대한 것이었다. 어머니의 자식 사랑도 마찬가지였다.

갈라지고 타는 가물에 소식도 없이
어머니, 하고 장대비가 들이치면
오메, 내 아들 왔능가 반색하며
찰박찰박 빗길을 달려나오는 맨발

배고프지아 쬐끄만 지달래라 잉
빗속에서 두 팔을 걷어붙이고
아껴둔 모종을 찾아 옮겨 심는 손길이 신명 났다
묵은지를 심고 달랑무를 심고

오목조목 생선토막과 풋고추도 심고
된장국에 고봉밥을 북돋아 차려낸 밥상

한 가지밖에 가꿀 줄 모르고
거둘 줄 모르는 노모가
밥상머리에 쪼그려 앉아
꿀떡꿀떡
아들 목으로 넘어가는 단비 소리를 듣는다

하얗게 그을려 찾아드는 옛집에
아들은 가랑비 되고 노모는 보슬비 되어
서로를 촉촉이 적셔주는 밤
금세 해갈되었지만
날이 새도록 그치지 않을 비가 내린다

— 「비」 전문

위의 작품에서 화자가 "갈라지고 타는 가물에 소식도 없이/어머니, 하고" 시골집에 들어서면 당신은 "오메, 내 아들 왔능가 반색하며/찰박찰박 빗길을 달려나"왔다. 그리고 "배고프지아 쬐끄만 지달래라 잉" 하고는 "빗속에서 두 팔을 걷어붙이고" 음식을 마련했다. "아껴둔 모종을 찾아 옮겨 심는 손길"처럼 신명을 내고 "묵은지를 심고 달랑무를 심고/오목조목 생선토막과 풋고추도 심고/된장국에 고봉밥을 북돋아" 밥상을 차려낸 것이었다.

이처럼 어머니는 "한 가지밖에 가꿀 줄 모르고/거둘 줄" 몰랐다. 다시 말해 "밥상머리에 쪼그려 앉아/꿀떡꿀떡/아들 목으로 넘어가는 단비 소리를" 마냥 기쁘게 듣는 데서 볼 수 있듯이 자식 사랑밖에 할 줄 몰랐다. 그리하여 "아들은 가랑비 되고 노모는 보슬비 되어/서로를 촉촉이 적셔"준 것이다.

이 시집 속의 어머니는 열일곱 살의 나이에 "왕지봉이라는 산 하나를 사이에 두고/저편에서 이편으로 시집와 구름댁으로 불"리며 한평생 남편과 함께 농사를 지었다(「구름댁 엄마」). "발잔등까지 차오른 황톳빛 맨발/뒷굽이 닳아 두꺼워지는 동안/굳은살 박인 길이 생겨났"다. "그 길 따라 보리밭은 푸르러지고/밭고랑 사이에 한 끼 허기를 묻어두"는 삶을 영위했다(「오월」).

어머니는 "이름 석 자도 읽을 줄 모르는 까막눈이었지만/손가락 숫자들"을 가지고 지혜롭게 가정 살림을 해냈다. 항아리에 양식을 채웠고, "할아버지 할머니 제삿날과/육 남매 생일을" 챙겼으며, "아버지의 외상 술값도" 갚았다. 아들에게 "서울 갈 여비를 쥐어"주기도 했다(「손가락 숫자」). 심지어 먼 길을 떠나면서도 "자꾸 뒤돌아보며/헉헉거리는 자식 입에 맛난 것 하나 넣어주"려고 "노잣돈 한 푼 흘"리기도 했다(「끝전」).

이 시집 속의 장모 역시 마찬가지였다. "벌 나비가 돼 찾아들면/어서 오게 이 서방/함빡 벌어 반겨주던 웃음꽃/꿀을 빨아 먹었던 그 자리에 향기"를 가득 남겼다(「꽃삽으로 장모님을 묻었다」).

3.

깜박 늦잠을 잤습니다
비몽사몽 간에 다듬이질 소리를 들었습니다
어머니 같은 여자가
청승맞게 주름을 펴고 있었습니다
한 벌뿐인 낡은 옷
심하게 접힌 구김을 가지런히 올려놓고
방망이질을 하고 있었습니다
자세히 보니 아내였습니다
화장대 앞에 쪼그려 앉아
반드러워질 때까지 제 얼굴을 두들기고 있었습니다
수면에 비쳐 흔들리는 풍광처럼
거울에 비친 아내가
바람 한 점 없이 물결졌습니다
자꾸 흘러가고 있었습니다
토닥토닥
어르고 달래듯 두들겨도
다시 펴지지 않는 시름이라는 걸 압니다
맑은 뒤 흐림
꿈이었습니다

—「봄꿈」 전문

위의 작품의 화자는 “깜박 늦잠을 잤”는데, 잠 속에서 “비몽사몽간에 다듬이질 소리를 들었”다. “한 벌뿐인 낡은 옷/심하게 접힌 구김을 가지런히 올려놓고/방망이질을 하고 있”는 어머니를 본 것이다.

그런데 화자가 눈을 뜨고 다듬이질하는 어머니를 자세히 살펴보니 “청승맞게 주름을 펴고 있”는 아내였다. 아내는 “화장대 앞에 쪼그려 앉아/반드러워질 때까지 제 얼굴을 두들기고 있었”다. 화자는 “토닥토닥/어르고 달래듯 두들겨도/다시 펴지지 않는 시름이라는 걸” 알고 있었다. 그렇지만 아내의 행동을 어리석다거나 못마땅하게 여기지 않았다. 오히려 “수면에 비쳐 흔들리는 풍광처럼/거울에 비친 아내가/바람 한 점 없이 물결” 치는 모습을 바라보면서 안쓰러워했다. 자신의 어머니처럼 아내도 가족을 위해 헌신해온 것을 잘 알고 있었기 때문이었다.

오팔 년 개띠 아내가 쪽잠에 빠졌다
두 아들은 장가가고
퇴직한 남편은 푼돈 벌이 가고
알바까지 없어 텅 빈 날
달그락거리던 살림살이마저 접은 잠이 이슬처럼 맺혔다
수많은 몸짓으로 날아오르다가 잠시 내려앉은 먼지 같다
언제 저렇게 작아졌나
가벼워졌나
희미한 숨소리조차 견딜 수 없어 움츠린 어깨를 들먹인다

창밖엔 둥둥 떠다니고 싶은 하늘이 푸른데
비스듬히 기운 오후 두 시의 그림자를 반쯤 걸치고 누웠다
틈만 나면 거울 앞에 앉아 시들어가는 저를 추스르다가
남편의 귀가도 알지 못한 채 곯아떨어졌다
팽팽하게 부풀었을 땐 빨간색이 잘 어울렸다
흐릿한 윤곽만 남았어도 환하게 웃어 보이며 함께 날자던 풍선
둘뿐인 식탁을 위해 맛있게 지지고 볶으며
행복하자 사랑하자 했지만
우린 겨우 바람을 먹고 산다
날마다 먹고 마셔도 조금씩 빠져나가는 바람을

—「바람 풍선」 전문

위의 작품에서 아내는 "오팔 년 개띠"로 "두 아들은 장가가고/퇴직한 남편은 푼돈 벌이 가"면 아르바이트하는 생활을 하고 있다. "새벽부터 뛰어도 늘 부족한 오른손을/바라보다 못해" 왼손이 되어 "벌레 잡는 알바를" 하는 것이다(「그래서 왼손이 먼저 아프다」). 아내는 "진종일 땀 흘려 일군 소금밭"인 등이 온통 하얗게 될 정도로 몸을 쓴다(「소금쟁이」). 그 결과 "벌레 소린지 고장 난 라디오 파열음인지/불쑥 자라난 아우성을 한쪽 귀로 새겨 듣"는 아픔을 겪고 있다(「이명」). "어디에 내놓아도 남부끄럽지 않게 살아왔"지만 "이제 뜨거워지는 것조차 잊"고 있고(「한파주의보」), 심지어 "노는 법을 잊어버"려 "알바가 없는 날 더

힘들어" 하는 것이다(「소꿉놀이」).

화자는 그 아내가 "알바까지 없어 텅 빈 날" 쪽잠에 빠진 모습을 측은하게 내려다본다. "달그락거리던 살림살이마저 접은 잠이 이슬처럼 맺"혀 있는데, 잠자는 아내는 "수많은 몸짓으로 날아오르다가 잠시 내려앉은 먼지 같다". "코를 고는 아내의 숨소리에서/포말을 일으키며 하얗게 밀려왔다 밀려가는 파도 소리가 들"리고, "만년설로 쌓인 아득했던 날들이 녹아 속살을 비추고/어른거림 속에 박제가 되어가는 푸른 등이 보"인 적도 있었다(「등짝」).

화자는 "틈만 나면 거울 앞에 앉아 시들어가는 저를 추스르다가/남편의 귀가도 알지 못한 채 곯아떨어"진 아내를 내려다보며 "언제 저렇게 작아졌나/가벼워졌나" 하고 놀란다. 또한 "희미한 숨소리조차 견딜 수 없어 움츠린 어깨를 들먹"이는 모습에 안쓰러워한다. 그리하여 "비스듬히 기운 오후 두 시의 그림자를 반쯤 걸치고 누"워 있는 아내에게 미안함을 갖는다. "둘뿐인 식탁을 위해 맛있게 지지고 볶으며/행복하자 사랑하자 했지만" "겨우 바람을 먹고" 살고 있기 때문이다. "흐릿한 윤곽만 남았어도 환하게 웃어 보이며 함께 날자던 풍선"이었지만, "날마다 먹고 마셔도 조금씩 빠져나가는 바람"으로 제대로 날지 못하고 있기 때문이다.

이 시집 속의 아내는 "파김치가 돼 돌아오는 남편을 위해/얼큰하게 매운탕을 끓여 놓"고(「두 마리」), 시상(詩想)을 적은 종이쪽지가 든 남편의 옷을 살피지 않고 세탁한 일에 "정신없이 나이를 먹은 탓이라"고 자책한다(「시를 읽는 여자」). 아르바이트를 마친 얼굴이 얼음장처럼 창백한데도 남편이 좋아하는 “두유 크림빵 자반고등어 사과 시금치 팥도넛”을 잔뜩 사 가지고 돌아온다(「시린 손」). “아들 둘을 건사하랴 알바 하랴/남편 챙기랴/딱정벌레보다 더 많은 팔다리를 걷어붙이고 뛰어도/늘 모자라는” 생활을 하고 있다(「민들레 풀각시」). “제 안으로 깊숙이 남편과 자식들을 껴안은/한 겹 두 겹 벗겨낼수록 작아만 가”고 있는 것이다(「양파」).

화자는 아내의 모습에서 자신의 어머니를 본다. 생활환경이 달라 가족을 위하는 방식에 차이가 있지만, 그 마음은 조금도 다르지 않음을 발견하는 것이다. 화자는 어머니의 가족 사랑이 얼마나 깊은지를 아내의 사랑으로 깨닫고 있다. 아내의 가족 사랑이 얼마나 넓은지를 어머니의 사랑으로 확인하고 있다. 그리하여 화자는 “네모반듯한 이를 드러내고 환하게” 웃는 아내 앞에서 가난에 주눅 들지 않는 사랑을 인식한다(「초식 동물」).

4.

안부 전화 끝에
오냐, 고맙다는 말
짧은 통화였지만 나직한 목소리로 찬찬히
그래, 내 자식이라서 반갑다는 말
어느 하늘 아래, 서로 반짝이던 날

땅끝 멀리서 울려오던 진심
나눌 수 있는 모든 것에 감사해지는 시간
꼭 들려주고 싶은 그 한마디를 남기고
아버지는 오래지 않아 돌아가셨다

홀로 남아
하나둘 손가락 다섯 개를 꼽으며
이만큼 더 살았으니 니 아부지 나이와 같아졌구나 하던 어머니
어느 날 전화를 받고
오냐, 고맙다
전화해 줘서 고맙다, 고맙다
가느다란 줄 끝에 달려
전해 오는 아들 목소리 하나 달게 받더니
어머니마저 금세 돌아가셨다

며칠 전
고향에 사는 큰형님께 안부 전화를 드렸더니
동생, 고맙네 한다
축제는 끝나고
꽃눈 내리는 벚나무 아래
아름다웠던 날들이 흩날리며 속삭이는 말
메아리치듯 들려오는

오냐, 고맙다는 그 말

— 「오냐, 고맙다는 말」 전문

위의 작품에서 아버지는 화자의 "안부 전화 끝에/오냐, 고맙다는" 인사를 했다. "그래, 내 자식이라서 반갑다는 말"이었는데, 화자는 아버지의 그 말에 가슴이 미어졌다. 아버지의 깊은 사랑을 확인한 것이다. 아버지는 "꼭 들려주고 싶은 그 한마디를 남기고" 세상을 떴다.

작품의 어머니 역시 화자의 "어느 날 전화를 받고/오냐, 고맙다/전화해 줘서 고맙다, 고맙다"라는 인사를 했다. 화자는 어머니의 자식 사랑 또한 아버지 못지않게 깊다는 것을 새삼 느꼈다. "아들 목소리 하나 달게 받"은 어머니 역시 세상을 떴다.

작품의 화자는 "며칠 전/고향에 사는 큰형님께 안부 전화를 드렸"는데, "동생, 고맙네"라는 인사를 받았다. 아버지와 어머니처럼 큰형님의 사랑도 지극한 것을 알게 되었다. 그리하여 화자는 "꽃눈 내리는 벚나무 아래/아름다웠던 날들이 흩날리"는 것을 떠올렸다. 가난 속에서도 꽃핀 가족 사랑을 다시금 바라보게 된 것이다.

화자는 자신이 받은 가족 사랑을 기록하고, 사람들에게 전하고자 한다. 사랑이 이루어지는 세상을 만들고자 하는 것이다. "새벽같이 일어나 김장을 끝낸 형수/잠시 졸리다며 눈 좀 붙이러 들어갔다가/다시 일어나지 못"한 일을 기록한 것이 그 모습이다(「오래오래」). "도시락을 싸 들고 출근했던 스물다섯 살 사회 초년생/두 달 치 월급을 못 받"은 아들을 위로하고(「새벽의 잔고」), "민들레 풀씨처럼 날아와 한 식구 되어 준 베트남 신부"와 한국인 시어머니가 서로 위하며 살아가는 모습을 소개하고(「민들레와 고등어」), "주 52시간제 도입과 준공영제를 실시하라며 총파업을 선언"한 노동자들과 함께하는 것도 그러하다(「긁적 타결」). 결국, 가족의 이름을 사랑으로 지키고, 키우고, 꽃피우는 것이다.